光文社文庫

文庫書下ろし／長編時代小説

鉄砲狩り

佐伯泰英

光　文　社

この作品は光文社文庫のために書下ろされました。

目次

鉄砲狩り

夏目影二郎始末旅

序章

天保十二年（一八四一）五月九日、武蔵国徳丸ヶ原《むさしのくにとくまるがはら》の幕府練兵場に殷々《いんいん》たる砲声が響き、それと呼応して津波のような喊声が沸き、濃い硝煙が漂った。

高島秋帆《たかしましゅうはん》を長とする鉄砲隊九十九人、大砲隊二十四人が次から次と繰り広げる洋式輸入鉄砲、大砲の威力は見学する幕閣、直参旗本の肝を冷やし、圧倒した。

「南蛮の武器など神国日本には要らざる長物」

と洋式の近代兵器に冷たい目を向けていた幕臣の考えを高島秋帆の演習が一撃した。

「これは……」

見物の老中首座水野忠邦《みずのただくに》は絶句して、軽装の兵卒わずか百二十余人が機敏に連射する光景に改めて、

「西洋の軍事力の進歩」

に脅威《きょうい》を感じた。

「信濃《しなの》どの、わが国の防備の遅れに高島秋帆が警鐘を乱打しておるようじゃな」

水野が話しかけたのは松代《まつしろ》藩主の真田《さなだ》信濃守幸貫《ゆきつら》だ。

水野は数日後に将軍家慶《いえよし》の祝賀の席で天保の改革を大名諸侯、幕臣に宣言することになる。そして、真田はこの一月後に老中に引き立てられる。

いわば水野の腹心だ。

高島秋帆は南蛮交易のただ一つの窓口、長崎の町年寄の家に生まれ、幼少から西洋の軍事力を承知していた人物である。そのため早くから国防論を唱え、自らオランダ人から西洋式砲術を学んでいた。

三十八歳の時、高島流砲術の祖となった秋帆は、演習の前年に起こったアヘン戦争の結末を知り、幕府に洋式砲術の必要を強く説いた。

その結果、徳丸ヶ原の演習が決まったのである。

「水野様、われらが貪って参った国防に関する能天気ぶりを痛撃する音にございます」

真田幸貫の表情も険しかった。

「信濃どの、どうしたものか」

「まず秋帆の使用する大砲、鉄砲を幕府で買い上げさせる事、また幕臣を選び高島秋帆に弟子入りさせて、知識と経験と技術を早急に学ばせる事にございましょう。その上で西欧に負けぬ大砲、鉄砲等を大量に製造させ、わが国の海岸線に配備する、それも早急果敢に行うことが肝心かと思います」

うーむと頷《うなず》いた水野はそのとき真田にそれ以上なにも言わなかった。

だが、一月後に老中に任命された真田幸貫は海防掛を命じられた。

水野は真田が答えた幕臣の一人を高島に弟子入りさせる案を即座に実行に移した。

韮山《にらやま》代官江川太郎左衛門英龍《えがわたろうざえもんひでたつ》に高島秋帆への弟子入りを命じたのだ。

この演習を大目付常磐豊後守秀信《ときわぶんごのかみひでのぶ》と同じ幔幕《まんまく》で江川も見学していた。だが、まさか高島への弟子入りを命じられようとは江川当人も夢想もしていなかった。

「英龍どの、高島秋帆の戦術、大当たりしたようじゃな」

常磐秀信は知己の江川英龍に囁きかけた。

二人は本所で隣同士に住んだことがあったのだ。

「飛距離といい、破壊力といい、われらが後生大事に保持してきた大筒《おおづつ》とは雲泥《うんでい》の差にございます。百聞は一見に如《し》かず、われら幕臣は力を合わせ、西洋に学ばねばなりますまい」

英龍も周囲を気にしながら応じていた。

幕臣の中には南町奉行鳥居耀蔵《とりいようぞう》のように強固な蘭学嫌い、西洋嫌い、ゆえに西洋の砲術も排斥する人物がいた。

すでに高島秋帆の砲術意見書に鳥居は反対を表明していた。だが、その反対を押しての砲術試射だ。

この演習の翌年、妖怪鳥居は高島秋帆を讒訴《ざんそ》して、逮捕し、伝馬町《てんまちょう》の獄舎に送り込むことになる。

幕臣の二人とも鳥居耀蔵らの監視の目を気にせぬわけにはいかなかった。

会話する二人の背後にひっそりと着流しの侍が控えていた。

六尺の長身、翳《かげり》を漂わす相貌はどことなく常磐秀信と似てなくもない。

秀信のそれはどことなく茫洋とした端正さだ。だが、この青年武士の相貌には世間の地獄を見てきた者だけが醸し出す翳と危険が潜んでいた。

ふいに常磐秀信が後ろを見た。

「瑛二郎《えいじろう》、そなた、この西洋砲術の威力、どう思うな」

夏目秀信は旗本三千二百石の常磐家に養子に入り、家付きの鈴女《すずじょ》と婚姻し、二人の間に一男一女が生まれた。

だが、家付きの娘の気の強さに辟易《へきえき》した秀信は浅草の料理茶屋嵐山の娘みつと理《わり》ない仲になり、下谷同朋町《したやどうほう》に妾宅を構えた。

二人の間に生まれたのが瑛二郎だ。

瑛二郎は侍の子として育てられた。

八歳の時には鏡新明智流《きょうしんめいちりゅう》桃井《もものい》春蔵《しゅんぞう》道場に入門して、体の成長とともに剣道に頭角を現した。

母のみつが突然亡くなり、瑛二郎は祖父母の家に引き取られた。

だが、いかなるときも剣の修行だけは続けた。

桃井道場は北辰一刀流《ほくしんいっとうりゅう》の千葉《ちば》周作《しゅうさく》道場、神道無念流《しんとうむねんりゅう》の斎藤《さいとう》弥《や》九郎《くろう》道場とならんで、

「位は桃井、技は千葉、力は斎藤……」

と呼ばれた。

十八歳の瑛二郎は、

「位の桃井に鬼がいる……」

と恐れられる剣術家に成長していた。

二十三歳になった瑛二郎に桃井春蔵直一が、

「そなた、道場の跡継ぎにならぬか。そなたの父上も承知のことだ」

と話があった。

それは三代目の桃井春蔵直優の妹と所帯を持つことを意味した。

若い瑛二郎は父がなぜ、

「おれの生き方に介入なさる」

と反抗して、道場を辞め、浅草の祖父母の家の嵐山に戻った。

そのとき、親のくれた瑛二郎を自ら影二郎と改め、影に生きる決心をした。

影二郎が桃井道場の跡継ぎを拒んだ理由の一つは、吉原《よしわら》の局見世《つぼねみせ》の女郎、萌《もえ》と二世《にせ》を誓っていたからだ。

萌の美貌に目を付けていたのがやくざとの二足のわらじを履く十手《じって》持ちの聖天《しょうてん》の仏七《ぶっしち》だ。萌を騙して身請けし、真実に気付いた萌は自害して果てた。

聖天の仏七を叩き斬った影二郎は伝馬町に繋がれる身に落ちた。

島送りが決まった影二郎の下に父の秀信が訪ねてきて、

「勘定奉行《かんじょうぶぎょう》」

に命じられたことを告げ、力を貸せと命じた。

当時、腐敗していた勘定奉行支配下の関八州《かんはっしゅう》廻りの粛清《しゅくせい》に倅《せがれ》の腕前と悪の世界を熟知した経験と度胸を借りようと考えたのだ。

影二郎はどうして父の秀信が伝馬町の牢にいることを承知かと訝《いぶか》しく思った。姉の萌の境遇をただ一人承知していた妹の若菜《わかな》が秀信に訴えたのだった。

伝馬町の牢屋敷にも若菜を伴っていた。

影二郎は初対面の若菜の尽力で密かに伝馬町を出され、一転腐敗した役人を始末する影御用となった。

影二郎の存在と影始末は老中首座の水野忠邦の知るところとなり、影二郎の罪咎《つみとが》の記録は抹消された。それは勘定奉行から大目付に転じた父・秀信の、つまりは水野忠邦の影として幾多の御用を務めることを意味した。

「水野様が江川様をこの場にお呼びになったことが気になります」

「どういうことかな、瑛二郎どの」

「江川英龍様は幕臣の中でも西洋の文物に詳しい、数少ないお方にございます。どうやら今日の演習のお鉢が英龍様に廻ってくるような気がします」

「瑛二郎どの、それがし、韮山代官としての仕事で手一杯にございますぞ」

「さて、その辞退が通じますか」

と影二郎が答えたとき、小姓が常磐らの幔幕に姿を見せた。

「江川太郎左衛門様、老中水野様がお呼びにございます」

江川英龍が影二郎を振り向き、複雑な表情を見せると立ち上がった。

江川を見送った影二郎は秀信に、

「それがし、これにて失礼致します」

　と挨拶するとかたわらの塗笠を摑み、幔幕の外に出た。

　着流しの頭に塗笠を被り、幕府練兵場の門に向かった。

　影二郎の背ではまた新たな砲声が響き、喊声が呼応した。

　二重の柵の外にも大勢の見物客が詰め掛けて、砲術の砲声に仰天していた。

　門を抜け、人込みを掻き分けた。

　徳丸ヶ原は、荒川南岸に広がる湿地帯である。徳丸本村ら六か村の入会地であったが
享保《きょうほう》六年、渡辺長左衛門《わたなべちょうざえもん》が、

「からくり筒」

の試し射ちをしたこともあり、幕府の演習場の如き場所として使われていた。

　高島秋帆の初めての西洋式大砲、鉄砲の試射にもこの徳丸ヶ原が選ばれたのだ。

　影二郎の足は中仙道《なかせんどう》へと向けられた。するとどこからともなく二人の男女が影二郎に歩み寄ってきた。

　菱沼喜十郎《ひしぬまきじゅうろう》とおこま親子だ。

「そなたらも来ておったか」

「なんともすさまじいものにございますな」

勘定奉行の常磐秀信の密偵であった菱沼喜十郎は大目付に転じた今も秀信の直属として影二郎と行動を共にしていた。娘のおこまもまた身分を隠して徳川幕府のために働く臣であった。

その喜十郎が正直な感想を述べた。

「犬山《いぬやま》から久しぶりに江戸に戻ったと思うたら、いきなり無粋な砲術演習に付き合わされたわ」

影二郎を徳丸ヶ原に呼び出したのは秀信だ。

「無粋に御座いますか」

おこまが笑った。

「本日の試射は数多《あまた》の幕臣、三百大名諸侯の目を覚まさせるに十分なものであったわ。となれば、蘭学嫌いの妖怪どのが黙っておられるとも思えぬ」

「南町奉行に就任なされた鳥居様は高島様の砲術に負けず劣らず凄腕にございますからな」

と喜十郎が苦笑いした。

「影二郎様、なんぞ大目付から御用が下りましたか」

とおこまが聞いた。

「呉越同舟《ごえつどうしゅう》した幔幕の中だ、人目もある。なにも申されなかった」

「ただの砲術見物に呼び出されたとは思われませんが」

「おこま、そう先々を案じても仕方あるまい」

「そのうち、ご用命が下りましょうな」

といういおこまに影二郎が、

「おこま、喜十郎、それがし、数日雲隠れ致す」

と宣言した。

「どちらにお行きでございますか」

喜十郎が心配そうな顔をした。

「若菜との約束を果たしておらぬでな」

「川越《かわごえ》にお墓参りにございますか」

影二郎を島流しから救った若菜は、武州浪人赤間乗克《あかまのりかつ》の娘であった。父が病に倒れ、その治療費を稼ぐために姉の萌が自ら吉原に身を投じたのだ。

若菜は姉の仇を討つために聖天の仏七を殺した影二郎を牢屋敷から救い出すと、なにも告げずに川越に戻っていた。

後日のことだ。

八州役人の腐敗を粛清する御用の途次、川越に立ち寄った影二郎はすでに両親を見送り、独り暮らしをしていた若菜を江戸に住まわせようと決心した。

浅草で料理茶屋嵐山《らんざん》を営む祖父母添太郎《そえたろう》といくの下に預けようと考えたのだ。

一人娘みつが逝き、孫の影二郎は浅草三好町《あさくさみよし》の長屋に住み、大勢の奉公人はいても家族のいない添太郎といくは、

「年の若い娘が出来たようだ」

と大喜びしてくれた。

そして今や若菜は家族同様の存在であり、影二郎にとっても姉の萌に代わる想い女《びと》となっていた。

二人が晴れて所帯を持つためにも江戸で死んだ萌を両親と一緒の墓所に埋葬し、供養したいとかねがね考えていた。

「そういうことだ」

「出立は明日にございますか」

「いや、今からじゃ」

「今からですと、若菜様はどちらにおられるのです」

「浮間河岸《うきまがし》に着く早船に乗っておるわ。戸田河岸には行かれぬでな」

砲撃演習の間、中仙道は通行が禁じられていた。

「なんと手回しのよいことで」

と喜十郎が笑った。

「これで江戸に戻ってみよ。父上からの呼び出しが即刻あろう。おれは幕府の禄を食《は》む直参ではないからな、野良犬には自由に動き回るのだけが取り柄、それまで父に奪われてたまるか」

「はっ、はあ」

と喜十郎が曖昧に返事をした。

三人は中仙道の辻に出ていた。

「若菜様がお待ちなれば私どもはこの場にて失礼申します」

おこまがどこか寂しげに呟き、影二郎は頷き返すと、

「さらばじゃ」

別れの言葉を二人に残した影二郎が人馬の往来が止められた中仙道を横切って浮間河岸へと足を向けた。通行止めは演習が終わるまで続けられるという。

第一話　川越夜舟

一

江戸の浅草花川戸《はなかわど》と川越城下外れ扇《おうぎ》河岸を結ぶ川越舟運は、九十九曲がり三十里（一二〇キロ）の水路を一昼夜かけて走った。

江戸に向かう下り船のことだ。そして、江戸で人や荷を積み、潮と風の具合を考えながら川越へと戻った。

この早船は一六、二七、三八など呼ばれ、川越、江戸、川越と四、五日で往復する定期舟であった。一六とは川越を一日に発ち、江戸を往復して再び川越から六日に出立する舟のことだ。

舟の大きさは米二百五十俵から三百俵を積む七十石から八十石の高瀬舟である。

浮間河岸は浅草花川戸で人や荷を積んだ舟が、千住《せんじゅ》河岸、尾久《おぐ》河岸、熊の木《くまのき》河岸、野新田《のしんでん》河岸、赤羽《あかばね》河岸、川口《かわぐち》河岸と上げ潮に乗って遡り、七番目に止まる、上がり舟の船着場だ。

浮間村は戸数五十数軒、寺一軒、農家が兼業する小売酒屋が二軒、川越舟運の発着する河岸近くにあった。むろん川筋問屋があるような大きな河岸ではない。

荒川、新河岸《しんがし》川と乗り継ぐ舟運の上り舟は、浮間河岸のずっと上流の引又（志木《しき》）河岸辺りまで帆が使えたという。

この浮間河岸に夏の昼下がり、日を避けて酒屋の葦の下に三人の男女が舟を待っていた。

「上り舟はまだだな」

着流しの影二郎の問いに川の下流を見ていた客らが振り返り、

ぎょっ

とした表情を浮かべた。

黒絽の着流しの腰には南北朝期の鍛冶《かじ》、法城寺佐常《ほうじようじすけつね》が鍛えた大薙刀を、刃渡り二尺五寸三分（七十七センチ）のところから棟を磨いて、先反りの豪剣に鍛え直した一剣が落とし差しにされていた。一文字笠の下の相貌は目の下まで陰になり、影二郎の顔付きを危険な感じにしていた。

「へえっ、まだにございます」

頷いた影二郎は一文字笠を脱いだ。すると笠の下から現れた端正な顔立ちに女たちがほっと安堵の様子を見せた。

影二郎の手にした一文字笠は何度も塗り重ねられた品で使い込まれていた。そして、その笠に日が当たるとかすかに、

「江戸鳥越住人之許」

と梵字《ぼんじ》が見えた。

笠の贈り主は、長吏《ちょうり》、座頭《ざとう》、猿楽《さるがく》、陰陽師《おんみょうじ》など二十九職を束ねる浅草弾左衛門《だんざえもん》だ。

影二郎が影の世界で生きる決心をしたと知った弾左衛門が、

「これがわれらの世界の通行手形、どちらに行かれようとめしと屋根には不自由しませんぞ。もっとも金殿玉楼《きんでんぎょくろう》とは申せませんがな」

と贈ってくれたものだ。

以来、一文字笠は影二郎の始末旅に常に同行してきた。

影二郎は河岸に積み込まれる荷の一つに腰を下ろして、他の乗客と一緒に江戸の方角を見つめた。

川越舟運では江戸から川越への上がり（荷）では油綿、太物、砂糖、天草、藍玉、酒酢、

荒物、小間物、塩肴、干鰯、塩、石などが運ばれ、下りでは江戸に向かったものは、俵物、醤油、油粕、綿実、茣蓙《ござ》、素麺《そうめん》、炭、石灰、杉皮、屋根板、鍛冶炭などであった。

影二郎が眼差しを預けた流れの上を燕が低く飛び交っていた。

遠くまだ演習の砲声が響いてきた。

その度に川越舟に乗る女が怯えるように身を震わした。

「お侍も川越に行かれるか」

老爺が煙管に刻み煙草を器用に詰めながら聞いた。

「法要に参るところだ」

「それはご殊勝な心がけでございますな」

「なにが殊勝なものか。何年も骨を江戸の寺に預けっぱなしにしてあったものを家人にせっつかれてようよう重い腰を上げたところだ」

影二郎が答えたとき、下流に白く光る帆が見えた。

上げ潮と風に押されて川越へと向かう早舟だ。

「早船
扇河岸　中安」

と帆に回船問屋の名も読めるようになってきた。

影二郎らが立ち上がり、船着場に集まった。すると、
「ハァー
吹けよ　川風　上がれよ　すだれ
アイヨノヨ
中の芸者の　顔みたい
　アイヨノヨトキテ　夜下リカイ」
と船頭が歌う舟歌が川面を伝って響いてきた。
川越舟運の乗合いには主船頭以下四、五人の男衆が乗り組んでいた。
帆と櫓が使えなくなった時、男衆が綱で引き上げるのだ。
「舟が着くぞ、川越舟、中安の早舟じゃぞ！」
船頭のしわがれ声が響いてきた。
影二郎は川越舟に旅姿の若菜が乗っているのを見た。
「若菜、参ったか」
花川戸から独り川越舟に乗って不安そうだった若菜の顔が影二郎を見て、
ぱあっ
と明るくなり、手甲《てっこう》をした手を振った。

その足元には赤犬が従っていた。

数年前、武州中瀬《なかせ》村の利根《とね》川河原で影二郎が拾った犬だ。今では立派な体格の成犬に育ったあかが主の姿を認めて、
わんわん
とうれしそうに吼え立てた。

「あかも若菜の供をしてきたか」

「花川戸河岸まで爺様と婆様が見送りに来られました。あかも一緒に来たのですが、舟に乗り込んでどうしても降りようとはしません。そこで爺様が船頭衆に頼んで許しを貰い、一緒にいくことにしたのです」

あかは普段影二郎が住み暮らす浅草三好町の市兵衛《いちべえ》長屋に飼われていた。だが、影二郎の川越行きが決まり、嵐山に連れて来られていたのだ。

「影二郎様、ご迷惑でしたか」

若菜がそのことを心配した。

「なんの迷惑ということがあろうか。あかはそなたよりも旅慣れておるでな」

と答えたとき、早舟の舳先《へさき》が船着場に、
とーん

と当たって着いた。

舟には十人ばかりの乗合客が思い思いの場所に席を取って座っていた。だが、浮間河岸で降りる客はいない。

その代わりに影二郎ら四人が乗り込んだ。

船頭たちは荷を手早く積み下ろし、舫《もや》い綱《づな》を解いた。

舟は荒川の流れに漕ぎ出され、上げ潮に乗り、帆を張ってさらに上流へと向かった。

若菜とあかは葦《あし》で葺《ふ》いた屋根の下に席を取っていた。

影二郎は法城寺佐常を抜くと一文字笠と一緒にその場に置き、自らも腰を下ろした。

「影二郎様、昼餉《ひるげ》は食されましたか」

「練兵場で砲術と鉄砲の試し撃ちの見物だぞ。昼餉など出るものか」

「それはようございました」

若菜がいそいそと持参の弁当を広げ、瓢簞《ふくべ》に入った酒まで出した。

「なに、川越舟で酒盛りか。思い掛けなく極楽舟に迷い込んだようじゃな」

影二郎は瓢簞の栓を口で抜くと大ぶりのぐい飲みにたっぷりと酒を注いだ。

「頂戴しよう」

くいっ

とぐい呑みの縁に口を付け、喉に落とした。

暑い練兵場で埃混じりの硝煙を浴びていた影二郎の胃の腑が鳴った。

「美味《うま》いな」

若菜が並べた重箱には嵐山の料理ではなく、婆と若菜が作ったらしい煮しめや焼き魚が並び、握り飯には豆が炊き込んであった。

「若菜もまだだったか」

「独りで食べても美味《おい》しくございません」

周りを見回せば船客たちは暑さ凌ぎに酒を楽しみ、甘いものを食べていた。だが、遅い昼餉は影二郎らだけだった。

「あかもなんぞ上げましょうな」

と若菜が地鶏《じどり》と牛蒡《ごぼう》の煮物の鶏肉をあかに与えた。

「くううん」

と甘えたあかが鶏肉を頰張った。

「若菜も食べよ」

若菜は川越を離れて以来の旅に、それも影二郎と水入らずの旅に顔を上気させていた。

川越舟は次の戸田河岸に向かって順調に遡上していった。すると舟を揺るがす砲声が鳴り響き、船客たちが徳丸ヶ原の試射の光景に恐ろしげな視線をやった。
水上からは土手越しの空に立ち上がる白い硝煙が見えるばかりで、一連の砲声と大勢の見物の喊声が聞こえてきた。
「そろそろ試射も終わりの刻限であろう」
影二郎の言葉を待っていたように砲声が消え、溜息のようなどよめきが伝わってきて急に静かになった。
川越舟の中にもふわっとした虚脱が漂った。するとすかさず船頭たちが、
「ハァー　九十九曲がり　あだではこせぬ
　アイヨノヨ
遠い水路の三十里
　アイヨノヨトキテ　夜下リカイ」
と掛け合いで舟歌を歌って船中の雰囲気を和《なご》ませた。すると影二郎と一緒に乗船した老爺が船頭たちに代わって歌い継いだ。
「ハァー　行こか千住へ　えー帰ろか家へ
　アイヨノヨ
ここが思案の戸田の河岸

アイヨノヨトキテ　夜下リカイ」

船頭たちはすでに中仙道の渡しでもある戸田河岸の接岸作業で忙しげだ。

この戸田の河岸には船問屋の「藤五郎《とうごろう》」と「勘次郎《かんじろう》」があり、江戸から砂糖、醤油、胡麻油などを買い付け、下り舟で野菜などを江戸に送り込んだ。

試射が終わったせいか、中仙道の人の往来が許されたようだ。街道を下って河原に下りてくる大勢の人の波が見えた。

川越舟から荷が降ろされ、船問屋の番頭に連れられて目付きの鋭い三人の渡世人が舟に乗り込んできた。

舳先近くに座を占めた男たちに船問屋から酒、肴が運ばれてきて、川越舟は舫いを外した。

「影二郎様、舟は夜を徹して川越に向かうのですか」

「荒川では櫓を使い、新河岸川では竿を使い分ける。新河岸川にかかった上がり船は上げ潮と風が頼りだ。風が止めば上げ潮を待つこともあるが、時には船頭衆が綱で引き上げる」

「大変なことにございますな」

「だが、われらは船中で足を休めているうちに川越へ着く」

日差しが西に傾くのを追っかけるように川越舟は蠣殻《かきがら》河岸、赤塚《あかつか》河岸、大野《おおの》河岸と荷下ろしを繰り返し、荒川（外川）と分かれて新河岸川（内川）に入った。だが、船頭たちは帆と上げ潮をうまく使い、ゆっくりながら帆走していった。

両岸が迫り、夏草が風に揺れる土手を野良から帰る百姓衆や草摘みする子供たちの様子も間近に見えた。

若菜はそんな風景を飽きずに見ていた。

あかは二人の主のかたわらで目を瞑って眠っていた。

「大根《だいこん》河岸じゃぞ、半刻ほどここで休むでなあ！」

主船頭が船客たちに休憩を宣告した。

「若菜、船頭衆が夕餉を摂るのだ。そなたも船問屋で用を足して参れ」

「はい」

川越舟の船頭は日に三度の飯のほかにも三度の間食をとった。飯にはことのほか贅沢で、

「六人で一日白米四升の飯をあける」

といわれた。きつい労働だがそれだけ稼ぎもよく羽振りもよかった。

船着場に着いた川越舟から船客全員が降りて、船問屋で厠《かわや》を借りたり、辺りを散歩したりして足を伸ばした。

ここからは夜旅となるのだ。

影二郎はあかを連れて、川原を散策に出た。

「あか、おまえも用を足していけ」

あかは影二郎の言葉が分かったように長々と小便をした。

大根河岸には田無《たなし》、保谷《ほうや》村から河岸街道と呼ばれる脇往還が通じていた。この河岸から下り荷として米、麦が江戸に運び込まれた。また大根の名のとおり、大根など野菜も積み込まれた。

反対に江戸からもたらされた一番の品は田畑の肥料だ。さらには塩、荒物などが運ばれてきた。

物産の集散地の河岸には、渡辺五右衛門《わたなべごえもん》など数軒の船問屋があった。

影二郎とあかが河岸から離れた雑木林を歩いていると、ふいに十数人の男たちが何事か話し合っているところにぶつかった。

土地の者ではない。

武家二人に小者数人、それに応対しているのは戸田河岸から乗り組んだ三人の渡世人だ。

「綾塚《あやづか》様、こいつを峯島敏光《みねしまとしみつ》様に渡せばよろしいのでございますな」

「大事なものだ、御用屋敷に運べ」

「へえっ」

渡世人の一人がふいに視線を回した。

鋭く尖った両眼が影二郎を射抜いた。

「すまぬ、邪魔をしたな。犬に小便をさせていただけだ」

影二郎はくるりと背を向け、大根河岸へと戻っていった。

その背にいつまでも鋭い視線が突き刺さっているのを影二郎は意識した。

武家たちと渡世人の足元にあったのは細長い木箱だった。

それがなにか影二郎には見当もつかなかった。だが、わざわざ河岸を離れて荷の受け渡しをする以上、荷がよからぬものであることは推量がついた。

影二郎とあかが大根河岸に戻ったとき、船中が掃除され、船客たちが再び自分の席に戻っていた。

若菜も船問屋から茶瓶と茶碗を借り受けてきたらしく、お茶の仕度をしていた。

川越舟の客で足りないのは三人の渡世人だけだ。

「お客さんよ、頭数はそろったかえ」

主船頭が船中を見回したとき菰《こも》に包んだ荷を、渡世人二人で提げて戻ってきた。

影二郎に鋭い視線を浴びせたもう一人の兄貴分は、船中を、
さあっ

と見回し、影二郎が乗っていることを確かめ、

にたり

と片頰に笑みを浮かべた。

「船が出るぞえ、川越行きの上がり船が出るぞえ！」

船頭の声とともに帆を張った川越舟は大根河岸を離れた。

内川に入って上げ潮の勢いは鈍くなっていた。だが、風を頼りに帆が加わり、船はさらに上流へとゆっくり上っていった。

夏の夕暮れ、川岸を蛍が飛び交い、それが船中の客たちに旅情を誘った。

若菜は声もなく黄緑色の光の乱舞を眺めていた。

「浅草界隈ではなかなか見ることはないからな」

「今、鬼子母神《きしもじん》の万灯祭りの光景を思い浮かべておりました」

昨十月半ば、影二郎と若菜は雑司《ぞうし》が谷《や》の鬼子母神の御会式を見物にいった。若菜はそのときの万灯行列に揺らめく光と蛍の乱舞の明かりを重ね合わせて見ていると言った。

「あれは木枯らしが吹く夜であったな」

川越舟は川面を伝い吹く涼風に撫でられて、なんとも気持ちがよかった。

影二郎はふと殺気を感じて辺りを見回した。すると酒盛りをする渡世人の兄貴分と目が

合った。

（なんぞ一物ありそうな目だ）

と考えながら、影二郎は視線を若菜に戻した。

「萌の遺髪は忘れなかったであろうな」

「そのために川越に参るのです。忘れはしませぬ」

若菜が胸元を手で押さえた。

姉の遺髪はそこに納められているのだろう。

自害した萌の亡骸は影二郎の母みつの眠る上野山下の永晶寺《えいしょうじ》に葬られていた。二人は萌と若菜の両親の埋葬された川越の墓に姉の萌の遺髪を分祀しようとしていた。

「影二郎様、姉上はあの世で若菜を恨んでおりましょうな」

「なぜそなたが萌に恨まれねばならぬ」

「姉上は影二郎様と所帯を持つことを夢見てきました。それだけを頼りに苦界の務めを果たしてきたのです。ですが、影二郎様と一緒になれたのは妹の私にございます」

「若菜、萌は死んだのじゃぞ、なんとも致し方ない」

「姉上は影二郎様に操を立てて自害して果てました、それだけに……」

「言うな、言うても詮無きことよ」

萌が自害して果てた凶器の珊瑚玉の唐かんざしは今、影二郎の一文字笠の竹の骨の間に嵌《はま》っていた。

風が止み、船の進行がゆっくりとなり、ついには止まった。すると主船頭を省《のぞ》く四人の男衆が船に結ばれた太綱を手に岸に飛び、引き綱を肩に回して曳《ひ》き始めた。

船は再び進み始めた。

「私どもは楽ですが船頭衆は大変でございますね」

若菜が同情した。

「駕籠《かご》に乗る人、担《かつ》ぐ人、そのまた草鞋《わらじ》を作る人と申してな、世の中には持ち場持ち場の役がある」

四人が曳く川越舟に夜の帳《とばり》がゆっくりと下りてきた。

「若菜、疲れたならば休め」

影二郎は若菜が花川戸から持参してくれた影二郎の南蛮外衣を広げた。外は黒羅紗《くろらしゃ》、内は猩々緋《しょうじょうひ》の古びた旅衣だ。

船中はあちこちで眠りに就く者が出始めていた。

「お言葉に甘えまして」

若菜が南蛮外衣に包まって横になった。久しぶりの旅に若菜は昨夜眠れなかったとみえる。

あかもそのかたわらに寝そべっている。

二

「ハァー　船に帆かけて　南《はえ》（風）を待ちる

アイヨノヨ

かわい女房は　主《ぬし》まちる

アイヨノヨトキテ　夜下リカイ」

主船頭が船を引く男衆を景気づけるために舟歌を時折歌った。

いつのまにか、船中は魚河岸の鮪《まぐろ》のように眠り込んでいた。起きているのは影二郎と酒を飲み続ける三人の男たちだけだ。

栄橋を潜って引又（志木）河岸には深夜に到着した。

内川の中で川越五河岸と引又河岸は最も利用された河岸場だった。

明け方まで船頭たちは仮眠するのか、船は河岸で停船した。

影二郎は船を下りると栄橋に上がった。あかが従ってきた。

この界隈では荒川の支流や開削した運河が何本も網の目のようにより合わさって流れていた。

影二郎は船で座り続けた足を動かすために川の土手を歩き続けた。

「あか、旅が好きか」

影二郎の呟きに飼犬が不思議そうな顔をして主を見た。

街道に沿って両側には船問屋やら旅籠《はたご》が軒を連ねていた。

影二郎は表から外れて裏手に回ってみた。

神社の鳥居が見えて、富士講のための富士か、引又富士が月明かりにそびえて見えた。

ふいに影二郎は三つの影に囲まれていた。

あかが、
ううう っ
と威嚇《いかく》の声を上げた。

「あか、気に致すな。船の客人じゃぞ」

そう言いながら、影二郎は三人の渡世人を見回した。改めて見るといずれも獰猛《どうもう》な面構えの男たちだ。

伝馬町の牢屋敷に世話になったのも一度や二度ではすむまい。そんな危険な匂いを体じゆうから醸《かも》し出していた。

「話を聞いたな」

「ばったり出会ったまでだ。話など聞く余裕はなかったな」

兄貴株の問いに影二郎が答えた。

「兄い、始末したほうが早いぜ」

弟分の一人が言い出した。その手はすでに長脇差《ながわきざし》の柄に手をかけていた。

「こやつの落ち着きぶりが気にくわねえ。どこかで見た面なんだがな」

と兄貴分が独白するように言い、

「おめえの名を聞いておこうか」

「他人に名を聞くときは自ずから名乗るもの、それが仁義というものだ」

「江戸無宿、随身門《ずいじんもん》の権三《ごんざ》」

「随身門とな……」

と呟いた影二郎が名乗った。

「夏目影二郎だと。まさか」

兄貴分の顔色が月明かりに変わるのが分かった。

「聖天の仏七を叩き切った鏡新明智流の鬼かえ」

「そうだとするとどうするな、権三」

「てめえは島送りとばかり思ったが」

「世の中には裏も表もある、そなたの渡世なら承知であろう。まずは他人の心配よりおのれの頭の蝿を追うことだ」

「違いねえ」

ふいに随身門の権三から殺気が薄れた。

「兄い、どうするんだ」

弟分が催促した。

「春次《はるじ》、おれっちが三人かかってもこいつにはかすり傷も負わされめいぜ」

「そんな腕前か」

「アサリ河岸の桃井春蔵道場の鬼と言われた剣客だ」

権三がくるりと影二郎に背を向け、仕方なしに二人の弟分も従って消えた。

引又河岸の船問屋三上回漕店で顔を洗ってきた若菜が、

「ぐっすりと眠ってしまいました」

と船の影二郎に爽やかな顔を向けた。

河岸一帯に朝靄が漂い、下り船へ積む物産が運ばれてきて、賑わいを見せていた。

引又河岸でも一番の船問屋が寛永《かんえい》年間（一六二四～四四）の創業の三上回漕店と明暦二年（一六五六）創業の井下田回漕店だ。

「影二郎様、朝餉を頂きませぬか」

川越舟運の重要な河岸では乗船客は船問屋で食事を摂ることも出来た。

若菜といくは、一日目の食べ物は用意していた。

だが、暑い夏の旅だ、いくらしっかりと煮込んだ食べ物でも腐ってしまう。そこで二日目以降は船問屋で食事を頼むことにしていた。

「あかにはなんぞ頼んだか」

「はい。汁かけ飯《まま》を用意してもらいました」

「あか、そなたにも朝餉があるぞ」

影二郎たちは川越藩の御用を務める船問屋の井下田回漕店の建具が取り払われて、風とおしをよくした座敷に上がらされた。

新河岸川を往来する荷船が船溜まりに何隻も止まり、引又河岸の繁盛振りが座敷から眺められた。

二人は茄子の煮浸し、熱々の大根の味噌汁に麦飯で朝餉を食した。

あかも煮干しを添えたぶっかけ飯を食べさせて貰い、満足げだ。
「上がり船が出るぞえ！」
船頭の声に乗合いの客たちが船に戻った。
引又河岸を川越舟が出船したのは、朝の六つ半（午前七時）過ぎだ。
風がゆるやかに上流へと吹き上げ、船は高さ三十八余尺の帆柱を立てて帆を張り、ゆっくりと進む。
両岸の光景ものどかな田園の風景と変わった。
水車が回り、川越舟や荷船の上がり下がりする流れに投網《とあみ》をうつ川漁師がいた。
引又河岸で客の顔ぶれが変わっていた。
三人の渡世人のうち、背の高い弟分の一人が姿を消していた。その代わり、旅の薬売りが影二郎とは離れた艫《とも》に背を向けて座っていた。
「ハァー
船は出ていく　一六船が
アイヨノヨ
今度くる日は　いつだやら
アイヨノヨトキテ　夜下リカイ」

下り船なら川越五河岸を七つ（午後四時）頃に出て、一晩で三十里を突っ走り、浅草の花川戸には正午前に到着していた。だが、風と人の力が頼りの上がり船の旅はゆったりとしたものだ。

江戸と川越、二泊三日から時には三泊四日になる船旅だった。

「旦那、久しぶりだねえ」

旅の薬売りが声をかけてきた。

手拭を頭に小粋にかけた男は国定忠治《くにさだちゅうじ》の一の子分、蝮《まむし》の幸助《こうすけ》だ。

「陸奥国《むつのくに》の果てで別れたのが最後かねえ」

幸助が二人のかたわらに座り込んだ。

「あかは馴染み顔だが、きれいな姉さんはお初にお目にかかる」

「蝮、おれの女房だ」

「南蛮の旦那にかみさんがいたとはな。姉さん、よろしゅうお付き合いの程を願いますぜ」

幸助が若菜にぺこりと頭を下げた。

「若菜、この薬売りはお尋ね者の国定忠治親分を頭《かしら》に抱く男だ。おれともあかとも入魂《じっこん》でな」

幸助が川越舟に乗り合わせたということは国定忠治と一統がこの近くにいるということだ。

「よろしくお願い申します」

影二郎に女房と紹介され、上気した若菜も幸助に挨拶を返した。

「幸助、相変わらず八州廻りに追われての旅暮らしか」

「そんなとこだ。旦那の用はなんだえ」

「川越の寺に若菜の姉の遺髪を納めにいくところだ」

「信心深けえ旅とは旦那に似つかわしくはねえな」

にたり
と笑った影二郎が、

「幸助、おめえの狙いはなんだ」

しばし口を噤《つぐ》んで考えていた幸助が、

「旦那ならいいか」

と呟くと言い出した。

「昨日、徳丸ヶ原で騒ぎがあったのを承知かえ」

「高島秋帆どのが西洋砲術を披露なさったことか。おれも父に呼ばれて見物した」

「凄い人出だったねえ」

「忠治一家も見物人に混じっていたか」

「いたいた」

と笑った幸助、

「おれがいう騒ぎとは大砲の試射じゃねえや。あの試射の最中に西洋の最新式の鉄砲が盗まれた」

「ほう、そんなことがあったか」

「演習が終わってそれが発覚し、大騒ぎよ。取り乱しての詮議が始まったが後の祭りだ」

「高島秋帆どのの部下の失態か」

影二郎はそのことを気にした。

「いや、高島秋帆一統は射撃に夢中だ。使わねえ大砲やら鉄砲を見張っていたのは、南町奉行に納まった妖怪の手下たちだぜ」

「ほう、鳥居耀蔵の部下とな」

影二郎の目が光り、しばし沈黙した後、訊いた。

「蝮、盗まれた鉄砲が川越舟に積まれているのか」

「さすがに旦那だ、勘がいいや」

「随身門の権三とか申す渡世人を兄貴分にした三人が木箱と一緒に乗っておる」

幸助が額を手でぽーんと叩いた。

「それよ。元込め式の洋制鉄砲十挺と弾丸が詰まっていらあ」

大根河岸近くの雑木林で見た綾塚は町奉行支配下の役人だったか、いわれればそんな匂いがしていた。

「鳥居め、なにを考えておる」

「蘭学嫌いだぜ。失態を高島秋帆様に押し付けて失脚させる気でねえかえ」

「当たらずとも遠からずか。どうやら鉄砲を盗んだのは鳥居の手下《てか》のようだぞ」

「南蛮の旦那はなんぞ承知のようだな」

影二郎は大根河岸で目撃した光景を話して聞かせた。

「それで納得がいったぜ。あれだけの監視の中、鉄砲の箱が消えるなんて手際がよ過ぎらあ」

「蝮、忠治も洋制鉄砲を狙っておるのか」

「さあてねえ」

と顎を撫でた幸助が、

「旦那とまた旅が出来るとは嬉しいかぎりだぜ」

と笑って影二郎の問いをはぐらかした。

影二郎は随身門の権三の消えた弟分の行方を考えながら、

(関わりにはなりたくないが)

と考えていた。


大目付常磐豊後守秀信は城下がりの途中、浅草の料理屋嵐山に立ち寄った。その場にすでに密偵の菱沼喜十郎、おこま親子が呼ばれていた。

秀信の到着に主の添太郎といくが出迎えに出た。この二人の一人娘のみつが秀信と深い縁を持って、瑛二郎を生んだのだ。

「殿様、ご壮健のご様子、なによりにございます」

「そなたらも堅固のようだな」

秀信は嵐山の玄関先を見回した。

「若菜はおらぬのか」

「おや、殿様、ご存じございませんので。若菜は瑛二郎と一緒に川越へ姉の遺髪を持って出かけてますよ」

「なにっ、瑛二郎も江戸を留守とな」

「さようにございます」

「徳丸ヶ原ではなにも申さなかったがのう」

「あの足で川越舟に乗ったのでございますよ」

「そいつは困った」

秀信はそう言いながらもいつもの二階座敷に通された。

そこにはすでに密偵の親子が待機していた。

「喜十郎、そなたは瑛二郎の川越行きを承知しておったか」

「恐れながら承知しておりました。影二郎様よりきつく口止めされておりますゆえ、お奉行にも口を噤んで参りました」

「菱沼喜十郎、そなたの主はだれか」

秀信が不満そうな顔をした。

おこまは笑いを堪《こら》えている。

「おこま、笑いを堪えているほど暢気《のんき》な事態ではないぞ」

「恐れ入ります」

と答えたおこまが、

「高島秋帆様の試射の最中に最新式の鉄砲が十挺も盗まれたそうで」

「御城では頭を抱える御仁が何人もおられる。幕府の練兵場で演習の最中に鉄砲が紛失したのだからな」

「お奉行、鉄砲の管理を南町奉行の鳥居様ご支配の者たちがしていたというのはほんとにございますか」

喜十郎が聞いた。

「真《まこと》だ」

「となれば南町の失態は免れませせぬな」

秀信の顔が険しくなった。

「ところが鳥居どのは十挺紛失の事実などないと主張なされておられるのだ」

「一体全体、どういうことにございますか」

「鳥居どのは試射のために預かった鉄砲は百五十挺と申され、高島秋帆どのは百六十挺確かに練兵場に運び込み、鳥居様ご支配下の筆頭内与力淀村恒有《よどむらつねあり》どのに渡したと主張しておられ、意見が対立しておる」

「高島様が淀村様にお預けなされたとき、数を確認しなかったのですか」

「当然致したそうじゃ。高島どのは鉄砲百六十挺の保管預かりを持っておられる。だが、淀村は、鉄砲が入った十挺入りの箱は十五しかなかったと一々鉄砲の数までは数えなかったと抗弁しておるという」

「ならば預かりをお持ちの高島様の主張が正しくはございませぬか」

「そこよ。なにしろ相手は妖怪鳥居耀蔵どのの部下だ。一筋縄ではいかぬ老練な与力の上に主が妖怪どのだ、幕閣でも扱いに困っておられるのだ」

「なんということにございますか」

おこまが呆れたという顔をした。

「お奉行、本日のお立寄りは影二郎様に御用を申し付けられることにございますか」

「幕閣内では高島嫌いの鳥居どのの嫌がらせとだれもが腹の中では思うておる。だが、なかなか口に出せぬ、妖怪の恐ろしさを承知しておるからな」

「老中方はどう裁量なさるお積りにございますか」

「水野様がそれがしを密かに呼ばれて、この騒ぎの裏を探らせよと命じられた。ところがだ、瑛二郎のやつ、徳丸ヶ原から川越に向ったというではないか」

困惑の体で秀信がどうしたものかという顔をした。

「殿様、川越行きはお寺様に遺髪を納めて法要をしてもらうだけのことにございます。そう長く江戸を離れられるわけではありません。まず私どもが探索を致します」

おこまが言い切った。

秀信がしばし考えに落ちた後、

「よいな、喜十郎、おこま、そなたらがそれがしの密偵と知られるような探索をするでないぞ。妖怪どのの執念、尋常ではないからな」

と天下の大目付が情けないことを言って探索の許しを与えた。

三

若菜が浅草の花川戸の河岸を発って三日目の夕暮れ、川越城下に最も近い扇河岸に早船が到着しようとしていた。

「一六船の到着だぞえ！」

船頭の声に乗り合いの船客たちが降りる仕度を始めた。

「いらっしゃいませ！」

「江戸からのお着き、ご苦労様にございます！」

一六船を迎えに出た番頭たちが声をからして客たちに呼びかけた。

七軒の船問屋が商いを競う扇河岸では川越藩の川役人が船を乗り降りする旅人や物産に目を光らせていた。

影二郎は随身門の権三らが鉄砲の木箱を提げて、どう上陸するか見ていた。だが、二人を呼び止めた役人に権三がなにか書付を見せると役人はなにも調べることなく通した。

影二郎が越中富山《えっちゅうとやま》の薬売りの蝮の幸助に、

「薬屋、しっかり稼げ」

と呼びかけ、如才なく幸助も、

「へえっ、旦那もおかみさんも無事に法事が終わることを祈っていますよ」

と挨拶を返すと船から下りて、権三らの後を尾行していった。

「さてわれらも参ろうか」

夏の夕暮れがそこまで来ていた。

影二郎と若菜はあかを伴い、船着場に下りた。

「そなたら、どちらに参るな」

と聞く川役人に影二郎が応対しようとすると若菜が、

「私どもは江戸に住まいしておりますが、元は藩御用の酒問屋鍵屋様に関わりの者にございます」

と挨拶した。

「鍵屋の親類か」

「いえ、長いこと奉公をしておりました」

「川越には用事か」

「いえ、江戸で亡くなった姉の遺髪を墓所の養寿院《ようじゅいん》に納めるために参じました」

「それはご苦労であるな」

犬を連れた二人の男女を川越藩の川役人は通した。

扇河岸にある七軒の船問屋のうち、大きな船問屋が中安《なかやす》こと中屋安右衛門だ。

「お疲れ様にございました」

番頭に迎えられた影二郎らは茶を振舞われた。

「今晩のお宿はお決まりにございますか」

「まだ決めておらぬ」

影二郎ひとりならば、流れ宿《ぐ》と称する旅芸人や石工や物貰いたちが一夜の宿りをする河原の小屋に泊まってもよかった。だが、若菜連れだ。

影二郎は若菜を振り見た。

川越に住んでいた若菜の方が城下には詳しかった。

「影二郎様、無断で私が承知の旅籠仙波屋《せんばや》様に手紙を出しておきました。そこなれば、町の真ん中でございますし、あかも無理が利きまする」

「それはよい」

川越に着いて若菜が急に元気になった。

影二郎とあかを先導するように、

「さあ、仙波屋様に参りましょう」

と中安の玄関先から立ち上がった。

「影二郎様、ほれ、この先が権現様ゆかりの喜多院《きたいん》にございます」

「このとおりをまっすぐに行けばお城の大手門に到着します」

と案内にこれ努めた。

仙波屋は影二郎も馴染みの町の辻にあった。

「女将様」

若菜が玄関前で声を張り上げた。すると、

「若菜様、お待ち申しておりましたよ」

とでっぷりとふくよかな女将おかめが玄関に姿を見せた。

「まあ、若菜様、ようこそお戻りになられましたな」

「女将様もお元気そうでなによりにございます」

「江戸に出られて一段とお美しくなられました。それに貫禄がお付きになったようです」

女たちが玄関先で賑やかに再会を喜び合うのを影二郎とあかはただ見詰めていた。

深夜の川越城下に独り影を引く着流しの男がいた。

夏目影二郎だ。

時鐘が八つ（午前二時）を打ち出した。

影二郎が夜空から落ちてくる鐘の音に振り仰ぐと寛永年間に建てられた時の鐘の櫓が聳《そび》えて見えた。

川越城下ではこの時の鐘と一緒に日々の暮らしが進行するのだ。

影二郎の足は黒瓦葺き土蔵造りの商家が並ぶ通りを南に向かう。

天正十八年（一五九〇）、徳川家康が関東に入国したとき、江戸の北の守りとして川越に白羽の矢が立った。以後、川越は酒井氏、堀田氏など徳川家重臣や譜代たちを配して、江戸の防備の要とした。

さらに家康は慶長四年（一五九九）に、天台宗の関東総本山喜多院に信任厚い天海《てんかい》僧正を配した。

川越は軍備と信仰の要として江戸を守護することになった。さらに江戸と川越の繋がりは家康没後にもさらに深まった。

喜多院の南に仙波東照宮が造営され、久能山から日光東照宮に運ばれる家康の遺骸が一時、仙波東照宮に安置されたこともあった。

俗に久能山、仙波、日光を称して三東照宮とも称えた。

寛永十六年（一六三九）、松平信綱《まつだいらのぶつな》が川越藩十五万石の城主として入封すると、江戸と川越の物流、情報の流通路となる川越舟運が開削され、定期的に運行されるようになっていた。

影二郎一行が川越を訪れた時期の藩主は、三代前に先祖が上野国前橋《こうずけのくにまえばし》から入国した松平大和守斉典《なりつね》であった。

この当時の川越松平家は常に財政難に見舞われ、度々前橋帰城を幕府に願い出ていた。

そこで幕府では松平斉典に出羽国庄内《でわのくにしょうない》への移封を命じた。これは川越、庄内、長岡《ながおか》の三方領地替でもあった。

だが、庄内領民が松平家の移封に強く反対した。そこで松平家は二万石の加増で川越に残ることが命じられた矢先だった。

影二郎は御朱印二十石の浄土宗檀林蓮馨寺《れんけいじ》山門前に到着すると、迷うことなく境内《けいだい》へと身を入れた。

広大な敷地が薄い月明かりに照らし出されて、おぼろに浮かんでいた。

「南蛮の旦那」

　という密やかな声とともに大きな石灯籠の陰から姿を見せたのは、越中富山の薬売りの格好に身を窶《やつ》した国定忠治の子分、蝮の幸助だ。

「なんぞ分かったか」

「随身門の権三が鉄砲の入った木箱を運び込んだのは、新鉄砲屋敷だぜ」

「なにっ、新鉄砲屋敷だと」

「この寺の東に江州《ごうしゅう》国友《くにとも》村の鉄砲鍛冶国友佐五右衛門《さごえもん》様が御用屋敷を構えておられる。その一番弟子、国友宇平《うへい》が佐五右衛門屋敷から一丁も離れたところに鍛冶場を持っておるがよ、師匠の佐五右衛門屋敷を鉄砲屋敷と呼び、宇平のほうを新鉄砲屋敷と呼び分けている。木箱は新鉄砲屋敷に運び込まれたのさ」

「高島秋帆どのの鉄砲をこの川越で複製する気か」

「大いにそんなところかもしれねえな」

　幸助は煙草入れを出すと煙管を抜き、常夜灯の明かりで煙草に火を点けた。

「権三らはどうしておる」

「新鉄砲屋敷に入ったきりだ。屋敷の中に忍び込みたいと思ったが、警戒が厳しくてな」

　と幸助がぼやいた。

その声に誘われるように二人を取り囲んだ者たちがいた。

「迂闊《うかつ》だったかねえ」

蝮の幸助が平然と言った。

「蝮、わざと相手を誘《おび》き出すようにしたのではないか」

「旦那のお手並み、久しく拝見してねえからな」

幸助は山門の柱を背に身を引いた。

黒羽織に道中袴を穿いた一団の数はおよそ八人、そのうちの一人が随身門の権三だ。

「また会ったな」

「夏目影二郎、島抜けしやがったか」

「言ったぜ。己の頭の上の蝿を追えとな」

「今、その銀蝿を追っているところよ」

残りの一団は無言を貫いていた。

「権三、おめえの仲間は江戸の匂いがするな、数寄屋橋辺りから川越くんだりまでのしてきたかえ」

影二郎が伝法な口調で言った。

数寄屋橋とは南町奉行所の所在地で、江戸では南町の通称だ。

黒羽織たちに動揺が走り、刀に手をかけると抜いた。

「夏目影二郎、おめえもただの鼠じゃねえな。密偵なんぞを使いやがって、おれっちの行動を探り出そうなんて、ふてえ了見だ。火傷《やけど》をするぜ」

権三は蝮の幸助を密偵と間違えていた。

「火傷を負って化けの皮を剝がすことになるのはどっちかな」

影二郎は先反佐常《さきぞり》との異名をとる法城寺佐常の豪剣を抜いた。

正眼に構えながら敵陣を見回した。

権三が後退し、無言の集団の半円がさらに縮まった。

一歩互いに踏み込めば勝負の間合いを超える距離だ。

正面に立つ黒羽織の剣の切っ先が鶺鴒《せきれい》の尾の動きのように微妙に震えた。

攻撃の予兆と見るか、偽装の動きと考えるか。

影二郎はそう考えたときには、眼差しは鶺鴒の尾に預けつつ、左手に飛んでいた。

多勢に無勢の戦いで相手は余裕をどこか感じていた。それだけに予期せぬ影二郎の動きだった。

一瞬の裡《うち》に生死の間合いが切られ、正眼から影二郎の肩口に引き付けられた先反佐常が黒い風を巻いて、右端に立つ黒羽織の肩口に落とされた。

黒羽織が裂かれ、血飛沫が飛んだ。

うぅっ

大きな円弧を描いて迅速に見舞われた佐常に深々と肩を割られた一人目が押し潰されるように横転した。

その時、影二郎は二人目の黒羽織を襲い、脇腹を抜いていた。

二人目は横手に吹っ飛ばされたように転がった。

なんとも凄まじい斬撃だ。

「おのれ」

頭分が押し殺した怒りの言葉を吐いた。

七人の半円陣はすでに綻《ほころ》びを見せていた。

残った五人が後退して陣容を整え直しつつ、再攻撃の構えを直ちにとった。頭分を真ん中にした陣形だ。

だが、影二郎はその間を与えることなく自ら踏み込み、先反の剣二尺五寸三分を振るい続けた。

着流しの影二郎が動きを止めたとき、蓮馨寺の境内には四人の黒羽織が倒れて、呻《うめ》いていた。

立っていた三人のうち、頭分が羽織を脱ぎ捨てた。

「峯島様」

随身門の権三が思わず呼びかけた。

やくざは喧嘩の駆け引きで生きる族《やから》だ。

味方が不利と察すれば引き下がる術をだれよりも承知していた。

「ここは島抜けに花を持たせて、一旦引き下がりましょうぜ」

そういう権三は懐に手をかけていた。

「明日は縁のある女の法事でな、おれも無駄な殺生《せっしょう》はしたくない。引き下がるとあらば見逃してやろうか」

影二郎は先反佐常を構えたまま、
するする
と後退した。

だが、峯島と呼ばれた頭分はすでに、戦う気を失せさせていた。

「蝮、小芝居は幕だ」

「へえっ」

と山門の下で煙管を手にしながら、戦いの成り行きを見ていた蝮の幸助が影二郎に従ってきた。

影二郎は山門を潜り、石段を降りたところで先反に血振りをくれ、鞘に納めた。

「相変わらず南蛮の旦那の剣法は鮮やかだねえ。小芝居と言われたが田舎芝居じゃねえや、江戸は三座の都芝居の立ち回りだぜ」

「蝮、褒めたところで祝儀も出ない」

「旦那から祝儀なんぞを貰う気はないが……」

「一家としてどうこの騒ぎを取り込んだものか、思案のしどころか」

「まあ、そんなところだ」

「蝮、忠治親分に伝えよ。大戸の関に猟師鉄砲を持って押し破った忠治一家だが、国の防備に使われようとする洋制の鉄砲で武装するなど愚の骨頂だとな、却って身を滅ぼすことになる。渡世人には渡世人の生き方があろう、その筋を通せとな」

国定忠治は天保五年に縄張り争いから島村の伊三郎を闇討ちにし、伯父の目明しの勘助と二歳の子を子分に始末させて、関八州にその名を知られた。そして、この夏には碓氷峠の大戸の裏関所を子分三十余人と猟師鉄砲を持って押し破り、関東取締出役、通称八州廻りに追われる羽目に落ちていた。

影二郎とは関八州の外でも度々出会い、助け助けられる仲になっていた。そのお先棒を務めるのがこの蝮の幸助だ。

「旦那、伝えよう」

蝮の幸助の口調は真剣だった。

しばし二人は肩を並べて、川越城下の夜明け前の町を無言で歩いた。

薄い月が町を照らし付けていた。

「旦那、八州に追われるのは致し方ねえや。だがな、この度、南町奉行に就いた鳥居耀蔵には何度も苦い思いをさせられてきた。なんとか仲間の仇をと鳥居の周りに網を張った結果がこれだ。正直、親分もこの騒ぎをどうしたものか、思案の定まらねえところだろうよ」

「ならば上州《じょうしゅう》赤城山《あかぎやま》に戻れ」

「それがさ、縄張り内に一家が身を寄せる場もねえや。一家は旅の空で渡世を張るしか生きる途はねえのさ」

幸助は弱音を吐いたがどこか楽しげにも感じられた。

影二郎の口からそれ以上言葉は洩れてこなかった。

一旦目をつけた鳥居耀蔵の尻尾だ。

忠治一家がそう簡単に手放すとも思えなかった。

「旦那はどうなさるね」

「おれは死んだ女の法事に川越に来たのだ」

「だが、親父様は水野忠邦様信頼の大目付どの」

影二郎の目が笑った。

秀信は城中の権謀術数《けんぼうじゅつすう》に生きる幕閣の一人に出世したが、屋敷に戻れば家付きの奥方鈴女《すずじょ》に口答えも出来ない、

「婿どの」

だった。

「旦那、正直、聞こう。まだ御用旅ではねえので」

「蝮、おれの言葉がそう信用ならぬか」

幸助が再び思案するように沈黙した。

二人はいつの間にか、時鳴鐘とも時の鐘とも呼ばれる鐘楼が見える辻まで来ていた。

「だが、旦那には必ず御用の命が下ろうぜ。それも近いうちだ」

「蝮、そなたと争いたくないものだ」

「旦那、妖怪の考えることをうちの親分も見当つけられねえでいなさる」

「知りたいか」

「あやつの考えを知るのが国定忠治一家の生き残る途だと親分は常々言ってなさる」

「忠治は深く考え過ぎだ、悪い癖だぜ」

「そうかねえ」

「妖怪なんぞと持ち上げるから図に乗る奴がいる。こやつがなにを考えて、幕府お買い上げの鉄砲を十挺ちょろまかしたのか知らないが、蝮、こやつ、そのうち自ら首を絞めて、ど壺に嵌る」

「それを待てとおっしゃるので」

「さよう」

「重ねて泣き言は言いたくないが、一家も身を寄せる土地がなくなってな。草鞋銭にも事欠く有様さ。妖怪が身を滅ぼす前に一家が獄門台に首を晒しそうだ」

「蝮、妖怪鳥居に狙いをつけて、忠治一家の懐を潤すことになるかどうかなんともいえねえぜ」

幸助はしばし沈黙し、挨拶した。

「旦那、また近々お目にかかりましょうぜ」

蝮の幸助は薬売りの幟旗《のぼりばた》を巻き付けた竹棒を手に川越の城下町の闇に姿を静かに没しさせた。

四

若葉が全山を茂り覆う養寿院には萌と若菜の両親、赤間乗克と京が埋葬されていた。

黒絽に身を包んだ若菜は、江戸で自害した姉の遺髪を両親の下に葬ろうと養寿院に夏目影二郎とあかを従え、訪れた。

その手にはいくが此度の旅の直前に贈ってくれた数珠があった。

昼前の四つ（午前十時）の刻限だ。

若菜は江戸からその願いを手紙にして書き送っていた。

庫裏《くり》でその旨を伝えると修行僧らしい若坊主が住職の真巌師に伝えにいった。

しばらくして戻ってきた青年僧が、

「赤間若菜様、本堂にお回り下さい。和尚はあちらでお待ちです」

と若菜に伝えた。

庫裏を再び出た影二郎と若菜、あかは本堂へと回った。

「あか、ここにて待て」

影二郎の言葉にあかが本堂に上がる階段下の日陰に座り込んだ。

日差しが急に強まり、白く輝いた。すると参道の脇に植えられた夾竹桃《きょうちくとう》の赤が燃え上がって見えた。

松の幹に止まった蟬が夏を告げて鳴いていた。

「若菜様、よう川越に戻られたな」

「和尚様、川越を引き上げる際には、ご挨拶も致さず失礼をば致しました」

「なんのなんの、若菜様が江戸から書き送ってくれる手紙が近頃楽しみでな、久しく訪れぬ江戸の変化を感じておりますよ」

真巌の目が影二郎にいった。

「そなた様が夏目影二郎様にございますな」

どうやら若菜は江戸に移った後も川越で世話になった人々と文のやり取りをしている様子で、真巌は名を承知していた。

「浅草暮らしの浪人者にございます」

「その昔、と申してもさほど古いことではない。アサリ河岸の桃井春蔵道場に鬼と呼ばれた武芸者が夏目瑛二郎と申されたが、そなた様のようですな」

「和尚が最初に申されるとおり、昔の話にございます」

頷いた真巌が、

「萌様の供養をして、赤間家の墓に遺髪を納めましょうかな」

と二人を仏の前へと導き上げた。

若菜、影二郎の二人はそれぞれ萌に対する複雑な気持ちを抱きながら、真巌の読経を聞いた。

外はうだるような暑さに変わっていた。

だが、本堂には涼風が吹き抜けていた。

真巌の経が若菜の、影二郎の心をゆるゆると浄めていき、二人が一緒に生きていくことを萌にただ許しを乞い、萌の安息を願った。

光がさらに強さを増した中、赤間家の墓所に萌の遺髪を納め、二人はほっと安堵した。

「若菜様、江戸での暮らしをこの真巌に聞かせて下されや」

真巌はそういうと二人を座敷に誘った。

そこにはすでに般若湯と斎《とき》が用意されていた。

精進料理を頂きながら、若菜と真巌は赤間家の亡くなった家族の思い出話をし、また江戸の暮らしを若菜は伝えた。

影二郎は二人の話に耳を傾けながら、独り酒を飲んだ。

ゆるやかな時が流れ、若菜と真巌の話も一段落着いた。

「和尚、一つ聞きたいことがある」

「なんでございますな」

「川越藩に江州の鉄砲鍛冶が移り住むようになったのは最近のことか」

「ほう、夏目様は鉄砲鍛冶に興味がございますので」

「こちらに参る前、江戸の徳丸ヶ原で高島秋帆どのが指揮される大砲隊、鉄砲隊の幕府の演習を見て参った」

浪人の影二郎がなぜというような訝《いぶか》しい顔を真巌はした。

「和尚、私は妾腹でな、実父は大目付の職にある。その父に誘われたのだ」

「父上は大目付の要職にあられますか。それで川越に参られて鉄砲鍛冶がいるのに驚かれましたので」

「まあ、そんなとこだ」

「松平家には相州《そうしゅう》三浦《みうら》の浦郷《うらさと》村に分領がございましてな、寛政五年に幕府から海防態勢の強化を指示されました。そこで川越藩では江州の鉄砲鍛冶、国友佐五右衛門様を招かれ、鉄砲造りを始められたのですよ」

「国友宇平は佐五右衛門どのの一番弟子かな」

「ほう、夏目様はお詳しゅうございますな」

真巌は影二郎が大目付の父親と御用の関わりがあると考えたか、

「宇平様はおっしゃるとおりに佐五右衛門様が川越で育てられた秘蔵っ子でした。鉄砲造りの腕前はなんでも師匠を超えるとか超えないとかの評判でした。そのせいか少々天狗になられ、他にも諍《いさか》いがあったとか、佐五右衛門様が破門されたのですよ」

「だが、宇平は川越城下で鉄砲鍛冶の看板を上げておる」

「はい、このようなご時世です。腕の立つ鉄砲鍛冶はどこの藩でも手放したくはございません。江戸家老因幡《いなば》棟継《むねつぐ》様の分家筋、因幡里美《さとみ》様の強い推挙で川越城下に師匠と並んで鉄砲鍛冶を許されたと聞いております」

真巌はそれ以上の話は知らない様子だった。

「いや、お節介にもつまらぬことを詮索し申した」

と答えた影二郎は若菜に辞去しようかと目で合図した。

若菜が頷き返し、真巌に言った。

「和尚様、胸のつかえが降りました」

「若菜様、川越はそなたの古里です。ときにお帰り下さいな、お待ちしておりますぞ」

若菜と影二郎は仏前にと和尚に香華料を差し出すと、

「これは恐縮に存じます、有難くお布施頂戴申します」

と真巌も快く受け取ってくれた。

二人が養寿院から旅籠の仙波屋に戻ると客が待ち受けていた。

影二郎と若菜を仙波屋の座敷に待ち受けていたのは、大目付常磐秀信が使う小者にして密偵の小才次《こさいじ》だ。

この若い密偵とは陸奥恐山《おやま》まで御用旅を一緒にして、下忍一統と死闘を演じた仲だ。

「小才次、川越まで無粋にもおっかけて参ったか。川越に来たのは法要だぜ」

「恐れ入ります」

と一応畏《かしこ》まった様子の小才次が懐から書状を取り出した。

「大目付様からの手紙にございます」

影二郎は黙って父からの書状を受け取り、封を披《ひら》いた。

〈夏目瑛二郎殿　江戸にて騒ぎが出来したゆえ火急の帰府を命じ候。

此処にその方に騒ぎの概要を伝えておく。

過日、高島秋帆どのが西洋渡来の最新式の大砲と鉄砲を試射の最中、徳丸ヶ原にて英国製元込め式エンフィールド連発鉄砲十挺及び弾丸五百発が紛失する事態が生じ、幕閣を揺るがす大騒動に発展致し候。

このエンフィールド銃は秋帆どのの所有の鉄砲の中でも最新式にて自慢のものに御座候。

瑛二郎、問題はこれだけに非ず……〉

影二郎は書面から顔を上げた。

秀信の手紙は鉄砲盗難だけを伝えるものではなかった。

〈……秋帆どの、仏蘭西国《フランス》が最近開発した青銅式カノン砲の設計図を所持致せしは極秘の事也。それがなんと鉄砲十挺と一緒に設計図も紛失致した事が判明、騒ぎにさらなる油を注ぎし段、幕閣、蜂の巣を突いた騒ぎに御座候。

このカノン砲は砲身、砲架、弾薬、弾薬車、付属車両に分解され、合戦場に自在に引き出して短時間に連続砲撃が可能な砲の設計図とか。

徳丸ヶ原で演習に使いし鉄砲と設計図は高島秋帆どのから幕府が買い取り、海防強化に役立てたいと決定せし物也。

瑛二郎、高島秋帆どのは演習の間、エンフィールド銃十挺とカノン砲の設計図が盗まれたと主張せしが、二点を管理致せし南町奉行所ではそのようなものは最初からなかったと対立して幕府を二分する騒動になりおり候。

無論この紛失騒ぎと対立は極秘にて、老中首座の水野忠邦様も甚《いた》く心痛なされ、秀信、そなたの自慢の倅《せがれ》どのに一働きさせよと命じられ候……〉

なんとも都合のよい秀信の言い回しに影二郎は腹を立てる前に呆れた。

〈……瑛二郎、急ぎ川越での法事を切り上げ、江戸帰着致し早々に探索に加わることを厳命し候。尚菱沼喜十郎とおこま親子はすでに探索に従事致し、そなたが江戸に戻る頃にはなんぞ手がかりがあろうかと推量し候。重ねて江戸帰府の段、くれぐれも申し付け候。

秀信〉

影二郎は書状を読み終わると、

「なんとも勝手な命かな」

と吐き捨てた。

「小才次、父上は手紙の他にそなたになんぞ申されたか」

「首に綱をつけても川越を立つ早船に乗せよと申されました」

影二郎の生き方を承知の小才次が一応恐縮の体で答えた。

「首に綱をかけてな」

と苦笑いした影二郎に、

「夏目影二郎様の首にだれが綱などかけられるものですか」

と小才次が応じ、

「どうなさいますな、影二郎様」

と聞いた。

「父に宛て手紙を書く」

「影二郎様は江戸にはお戻りではないので」

「小才次、若菜には久しぶりの古里訪問だぞ。早々に帰れるものか。のう若菜、久しぶりの川越をゆっくりと楽しんで参ろうぞ」

若菜が嬉しさと不安が混じった複雑な顔をした。

「殿様のご命に背かれるのでございますか」

「なあに、江戸に戻るよりも川越におるほうが父の御用の役に立つやもしれんでな」

訝しい顔の小才次がさらに聞く。

「私はどう致しましょうか」

「手紙は早飛脚《はやびきやく》で出せば済むことよ。小才次も川越に残れ、残れ」

「それでよろしいので」

小才次がうれしそうに破顔して懐から袱紗《ふくさ》包みを出した。

「近頃、父上もおれの動きを察せられるようになられたか」

「大目付は瑛二郎のこと、一筋縄ではいくまい。川越から直ぐに探索に加わるというのなら、この路銀を渡せと申されました」

袱紗の中は切餅（二十五両）四つ百両と見た。

「若菜、路用の金子も出来た。手紙を書くゆえ帳場から硯と筆を借りて参れ」

「はい」

「それに夕餉にはなんぞ美味しい川越名物を膳に供してくれと台所に頼んでこい。一人増えたでな」

「畏まりました」

若菜が返答して座敷から姿を消した。

「影二郎様、すでになんぞ摑んでおられますので」

「不運なことに江戸からの川越舟で奇怪なものを見てしまった」

影二郎は大根河岸近くの雑木林で目撃した風景から昨夜の連馨寺での襲撃事件までを語った。

「なんと徳丸ヶ原で盗まれた鉄砲の行方、すでに影二郎様は突き止めておられますので」

「国友宇平と申す新鉄砲鍛冶の屋敷に運ばれたようだ」

「盗みを働いたのは鉄砲を監督していた南町奉行の支配下の者たちにございますか」

「驚いたか」

「盗人悪人を捕縛する奉行が盗賊の頭とは一体どういうことでございますか」

「妖怪鳥居のやることだ。さてさてなにを考えておられるか」

「どう致しますので」

そこへ若菜が硯と筆を持参してきた。それを見てしばし考え込んだ影二郎が、

「若菜、小才次、考えを変えた」

と宣告した。

「考えを変えたとはどういうことにございますか」

「父上に手紙を書こうと思うたがやめた」

「なぜでございます」

若菜が聞いた。

「この事件、極秘と申しながらあちらこちらに洩れておるようにも思える。父に川越の一件を伝えてみよ。即座に老中水野様に得意顔で報告なされるであろう。水野様一人《いちにん》が腹におさめられるならよい。だが、幕閣のたれぞに相談されるようになれば、すぐさま妖怪鳥居まで伝わり兼ねぬ。それにあやつはすでにおれが事件に関わっていることを承知よ。父と水野様には当分内緒で動く」

「影二郎様、私めは差し当たって川越でなにを致しましょうか」

小才次の問いに影二郎が答えた。

「国友宇平の新鉄砲屋敷に潜む南町の面々がなにを企んでおるのか探ってくれ」

「承知しました」

「影二郎様、私も御用の役に立ちとうございます」

「若菜、餅は餅屋に任せてな、久しぶりの川越の知己など訪ねて久闊《きゅうかつ》を叙しておれ」

「それでよいのですか」

「おお、それでよいのだ」

三人は川越名物の川魚料理の膳を並べて一緒に夕餉を食した。

影二郎は酒を楽しんだが、小才次と若菜は猪口《ちょこ》に一、二杯飲んだだけだ。

「影二郎様、川越城下は初めてにございます。町をちょいとうろついて参ります」

「小才次、無理をするでないぞ」

「畏まりました」

小才次が仙波屋から姿を消し、影二郎と若菜は旅籠の庭の泉水の岸に紛れ込んだ蛍の明かりを眺めて過ごした。

仙波屋の大きな泉水には新河岸川の水が引き込まれて、蛍が水を求めて何匹か集まっていたのだ。

「影二郎様、不思議な気が致します」

「なにが不思議か」

「若菜は川越で物心つきました。この城下が遊び場所であり、学び舎でもございました。ですが、そんな長閑《のどか》な暮らしも父が病に倒れて一変し、姉が吉原に自ら身を落とすことになりました。私どもは姉の身売りの金子で、父の治療費を出し、私たちは糊口《ここう》を凌《しの》いできたのです」

若菜の思わぬ告白に影二郎は頷いた。

「その父も母も姉も亡くなり、私はこの城下で独り生きていることになりました。まさかそんなところに影二郎様が見えて、私を江戸に連れて行かれようとは夢想もしないことでした」

「萌と二世を誓ったおれだが萌が自害をして果て、聖天の仏七を殺して島送りの沙汰が下った。それを救い出してくれたのは若菜、そなただ」

「川越から出てきて影二郎様が姉の敵を討ってくれたことを知りました。思案した末におすがりしたのが影二郎様の父上、常磐秀信様です」

「そなたに知らされ、父が動いた。そして、今、おれは島送りの代償に父と水野忠邦様の命を拒めぬ身になった」

「後悔しておられますので」

「なんの後悔なんぞするものか。そなたとこうして旅が出来るだけでも島送りにならずによかったと思うておる」

「影二郎様とこうして川越の仙波屋様の庭を見ている。そのことがなんとも不思議なのでございます」

「すべて前世からの縁《えにし》よ、天から命をあたえられた者同士だ。よいか、若菜、萌のような境遇に襲われようとも決して自害などするでない、おれを再び悲しませるな。おまえとおれとは離れていようと常に心は一緒だ、だれも引き裂きはできぬ」

「はい」

若菜の肩を影二郎がそっと抱き寄せた。

夏の宵がゆるゆると深まっていこうとしていた。

翌日の昼前、影二郎の姿は連馨寺の東側の鉄砲屋敷の門前にあった。

日差しを避ける一文字笠に着流し、法城寺佐常一剣を差し落とした、その足元にはあかの姿があった。

藩御用の鉄砲鍛冶国友佐五右衛門の屋敷からは鉄砲の銃身でも鍛えるか、規則正しい鎚《つち》音が響いてきた。

影二郎とあかは門を潜った。

鎚音に導かれるように玉砂利が敷かれた庭を横手に廻った。すると外から疎水《そすい》が引き込まれた鍛造場が見えた。

開け放たれた鍛造場に鞴《ふいご》の炎、白丁烏帽子の師匠と弟子、そして、注連縄《しめなわ》が張られた神棚などが見えた。

「御免」

影二郎の声に鎚音が止み、こちらを窺《うかが》う視線が投げられた。

「仕事の手を休めて相すまぬ。佐五右衛門様にお目にかかりたいが、ただ今手が離せぬと申されるなれば、暫時待たせて戴く」

鍛造場でなにか命じる声がして、烏帽子姿の初老の鍛冶が庭に姿を見せた。

背は高くはない。だが、体も腕もがっちりして眼光は鋭かった。

その風貌に影二郎は鍛え上げられる鉄砲の出来が想像された。

「国友佐五右衛門様にございますな」

「いかにも佐五右衛門は私だが、そなた様は土地の方ではなさそうだ」

佐五右衛門の目が穏やかなものと変わり、影二郎の腰の佐常からあかへと視線を移した。

「江戸から法要に川越に参ったものだ」

「法要に参られた」

「昨日、養寿院に縁あった女の遺髪を納めた」

「それは殊勝なお心がけ」

と答えた佐五右衛門に影二郎は、

「そなたの秘蔵弟子であった宇平について尋ねたきことがあって参上致した」

「宇平のことは思い出したくございませぬ」

佐五右衛門が吐き捨てるようにいった。

「数日前、江戸は徳丸ヶ原で高島秋帆どのと一統が所蔵の大砲、鉄砲の試射を幕閣、幕臣、諸大名方の前で披露なされた」

嫌悪を漂わしていた鉄砲鍛冶の顔が訝しいものに変わった。

「その最中、エゲレスから輸入された元込め式エンフィールド連発銃十挺が盗まれた」

「なんと申されましたな」

佐五右衛門は驚きの顔で影二郎を見ると、

「そなた様はただのお方ではなさそうだ。こちらへ」

と母屋《おもや》へ影二郎とあかを案内していった。

第二話　若菜の誘拐

一

広い庭に面した縁側でその一角には試し撃ちの射撃場が設けられていた。

涼しい風が吹き通る縁側に腰を下ろす前に佐五右衛門はぽんぽんと手を打ち、

「客人だ、茶をくれ」

と声を張り上げた。

影二郎は縁側に腰かけ、あかはその足元に寝そべった。

佐五右衛門は烏帽子を脱ぐと、

「ここではだれにも邪魔されませぬ」

と言い、

「そなた様は一体どなた様にございますな」

と訊いた。

「見てのとおりの無頼の浪人者夏目影二郎だ。じゃが、父は大目付常磐豊後守秀信、その父は老中首座水野忠邦様に繋がりを持つ」

佐五右衛門があまりにも正直な影二郎の答えの真偽を確かめるように黙り込んだ。

「大目付、老中首座の密偵と申されますか」

「そう考えられてもよい」

「驚き入ったお答えで」

「信用できぬか」

「いえ、あまりにも大胆なお言葉に少々驚かされたのでございますよ。で、夏目様、この私に宇平の事を聞きに参られたと申されましたな」

「徳丸ヶ原で盗み出された鉄砲が入ったと見られる木箱が川越舟運を利用して、国友宇平の新鉄砲屋敷に運び込まれた。運び込んだのは渡世人だが、盗みに関わったと推測されるのは南町奉行に任じられたばかりの鳥居耀蔵と申したら、驚かれるか」

「そなた様のお言葉には佐五右衛門、肝を冷やしてばかりです」

と苦笑いしたところに、

「父様、お茶を」

という声がして、女が茶と干菓子の載せられた盆を運んできた。

二十歳過ぎか、丸顔の愛らしい娘だった。

「おつる、客人は犬連れだ。なんぞ食べさせるものはないか」

おつるが縁側にやってきて、

「あらまあ、旅の方のようですが、犬連れで道中をなさいますので」

と笑った。

「利根川河原で捨てられているところをおれが拾い、懐で育てた。旅は人間よりも慣れたものだ」

「よい主に恵まれたようですね」

と答えたおつるが、

「さてさて、なにをあげましょうな」

と呟くように言うと奥へ引っ込んだ。

「夏目様、宇平なれば江戸で評判の妖怪どのと組んだとしてもなんら不思議ではございませぬ」

と中断していた問いに答え、

「夏目様、私めが話すことが川越藩、松平の殿様になんぞ害をもたらすというのであれば、お話し出来ませぬ」

と言い切った。

「佐五右衛門どの、密偵が正体を告げて話を聞きに来たのだ。おれにとって譜代の川越藩や斉典《なりつね》様をどうこうしようという魂胆はない」

「ならばお答え致しましょう」

と佐五右衛門が座り直した。

「宇平は私が江州から連れてきた弟子の一人ですよ。川越に来て、めきめきと腕を上げ、師匠の私が驚く技を身につけました。とくに銃身の鍛造は一級の腕前にございまして、まず鉄砲鍛冶としては最高の男にございましょう。そんなこともあってゆくゆくは私の跡取りにしようと娘のおつると夫婦にと考えてもおりました。いえ、二人ともその気でした。それが三年前の春のことです、宇平が自ら鍛えた鉄砲を長崎商館長の一行に見せて、欠点を知りたいと江戸行きを願いました。理由が理由です、快く許したのです」

庭から再びおつるが姿を見せて、

「お客様、犬の名はなんですか」

と聞いた。

「あかだ」

「あかに芋をあげてもようございますか」

「好物だ」

おつるがあかを呼び、あかも素直におつるの下に走っていった。

「半月後、江戸から戻った宇平は、別人と変わっておりました。江戸で修業をすると申して、弟子を辞めたいと言うのです。さらにおつるとの婚姻も解くと一方的な申し出です。私は理由を聞いたり、諭したりしましたが、がんとして聞き入れようとはしませぬ。そんな最中、夜中に鍛造場で人の気配がするので覗くと、宇平が火入れの温度などを記した一子相伝の秘伝書を盗み読みしておったのでございます。秘伝書は厳重に蔵に仕舞ってありました。それを宇平は持ち出して読んでおったのです。私はその場で破門を申し渡しました」

「なんとのう」

「その夜、出ていった宇平がこの川越で私と同格の新鉄砲屋敷を拝領しようとは考えもせぬことでした」

佐五右衛門が悔しそうな顔で答え、口を噤んだ。

「無論藩に掛け合いましたが、家老職を代々務められる家系の因幡里美様がこのような国難の時期、鉄砲鍛冶は何人おっても足りぬ。佐五右衛門、そなたにも言い分はあろうが情勢に鑑《かんが》み、宇平の鉄砲方を許してやれとのご命でかような次第になったのでございます」

「宇平の江戸行には最初から因幡どのが嚙んでおったかもしれぬな」

「はい。また因幡様の背後にどなたかおられるかとも推測されます」

「その人物が妖怪鳥居耀蔵かどうか」

二人は顔を見合わせ、首肯しあった。

「佐五右衛門どの、宇平には最新のエゲレス製エンフィールド銃を複製する腕がござろうか」

「実物を見てみなければなんとも申せませぬ。ですが、種子島《たねがしま》に鉄砲が伝来して以来、われら鉄砲鍛冶はそれなりに工夫もし、技も磨いて参りました。十挺のうち、数挺を分解して調べればなんとかそれに近いものは造れましょう。宇平はその技は持っておりますよ」

「大砲はどうか」

「鉄砲鍛冶に大砲を造れるかと申されますので」

「さよう」

「ちと厄介にございましょうな。およその操作《からくり》、火薬装塡と撃ち出す仕組みは一緒でも大砲と鉄砲は別物にございます」

「相分かった」

影二郎は立ち上がった。

「川越には当分逗留なさいますか」

「相手の出方次第だな」

おつるとあかが庭の隅でじゃれ合っていた。

「あか、おつる様に遊んでもらってよかったな」

「お侍様、またお遊びにいらっして下さいな」

影二郎は会釈を返すとあかを従え、鉄砲屋敷を後にした。


鉄砲屋敷を出た影二郎とあかを前の屋敷の長屋門の格子窓の中から見つめる目があった。

川越藩の目付の一人だ。

影二郎はその視線を警戒することもなく町屋へと出た。すると寄り添ってきた者がいた。

常磐豊後守秀信が使う中間にして密偵の小才次だ。

「宇平の新鉄砲屋敷は警戒が厳しくて屋敷近くにも立ち寄れません。出入りの商人も、こんなことはこれまでになかったとぼやいております。夜になって忍び込みますか」

「慌てることもない。そなたの他にも新鉄砲屋敷を見張っておる者もおるでな、そう案ずることもあるまい」

「私の他にもどなたか見張っておられますので」

「おるおる」

と答えた影二郎だが小才次に説明しなかった。

小才次もそれ以上立ち入って聞くことを控えた。

「これからどうなさいますな」

「斉典《なりつね》様の居城を見物に参るか」

川越藩の目付は長屋門から何処となく姿を消した。

二人と一匹は町屋を貫く通りを北上し、大手から来る本町の辻で東に折れた。

川越城は享徳《きようとく》三年（一四五四）、享徳の乱に際して扇谷上杉《おおぎがやつうえすぎ》氏が古河公方《こがくぼう》に対抗するために築かれたのが最初とされる。

関東に徳川家康が入封して後、酒井重忠が一万石で藩主に就き、以後、堀田家、松平（大河内）家、柳沢家、秋元家と藩主が交替し、明和四年（一七六七）に松平（越前）大和守朝矩《とものり》が前橋から移り住み、直恒《なおつね》、直温《なおのぶ》、さらに斉典と四代目を数えていた。

川越城は寛永十五年（一六三八）の喜多町からの出火に喜多院、仙波東照宮を始め、城下の三分の一を焼く被害に遭っていた。

寛永十六年、松平信綱は大火後の城下町復興と城の拡張に全力を挙げた。

影二郎と小才次の前にその城が聳えて見えた。

二人は大手門から南に向かい、堀沿いに初雁《はつかり》城、あるいは霧隠《きりがくれ》城と異名を持つ城の外周をぶらぶらと見物して回った。

本丸、二の丸、三の丸の他に三の丸西側に外曲輪《くるわ》が、さらに外曲輪に繋がって田曲輪、新曲輪があった。また三の丸の南に八幡曲輪で囲まれた馬場があった。

昼の刻限を迎え、天道様は二人の頭上にあった。

松平家の重臣たちの屋敷が並ぶ堀端の一角を抜けて南大手に出ると、急に辺りが開けた。

城の東には田圃が広がっていたのだ。

あかが急に勢い付いた。

田圃の脇を流れる小川で腹掛け一つの子供たちがたも網で魚を掬《すく》っていた。

あかは子供たちが遊ぶ光景がうれしいらしい。尻尾がくるくると振り回された。

「小才次、腹が空いたな」

「影二郎様、鄙《ひな》びた様子では食べ物屋などございませんぞ」

「町中まで戻るか」

蜻蛉《とんぼ》が飛ぶ田んぼの道を北に向かうと新曲輪が見えてきた。その坂を上がると高台に、

「うどん、そば」

の幟が見えた。

「田舎そばにございますがあちらではいかがです」

「野趣があってうまそうじゃぞ」

椎の大木が日陰を作るところに縁台がおかれ、城奉公の中間《ちゅうげん》やら馬方《うまかた》たちがそばやうどんを食していた。

影二郎が先反佐常を腰から抜き、空いていた縁台に腰を下ろすと小才次が注文に奥へ向かった。

あかは心得たもので影二郎の足元に座り込んだ。

夏の盛りだ。

だれもが冷たいうどんやそばを音高く啜り上げていた。それがなんとも美味しそうに聞こえてきた。

この日、若菜は勤めていた藩御用達の酒問屋鍵屋を訪ねていた。四年ぶりの再会に大いに話に花が咲いているであろうと影二郎は推測した。

「影二郎様、冷でようございますか」

気を利かせた小才次が盆に燗徳利とぐい呑み茶碗を載せて運んできた。

ぐい呑みは一つだった。

「そなたは飲まぬか」

「昼間は遠慮しております」

「無作法じゃが目の前に見せられると我慢が出来ぬわ」

影二郎がぐい呑み茶碗を摑むと小才次が酒を注いでくれた。

「川越で造られた酒にございます」

鼻腔に芳醇《ほうじゅん》な香りが漂ってきた。

「いかにも腰が強そうな酒じゃな」

影二郎が口に含むときりりとした酒精が広がった。それが田圃の上を吹き渡る涼風のように喉に落ち、胃の腑に納まった。

「炎天の下を歩いてきた者の舌には堪《こた》えられぬわ」

「ようございました」

影二郎が一合の酒を胃の腑におさめた頃合、少し黒味のあるそばが運ばれてきた。

二人は客たちを真似て、ずるずると音を立てて啜り上げた。鰹節でとったつけ汁がなんとも黒いそばと合って美味だった。

「これからどうなさいますな」

小才次が聞いた。

影二郎の目は二人が歩いてきた田圃道に釣竿を担ぎ、着流しの裾を端折った隠居が長閑に歩いてくるのを、その後方を血相変えた家臣らしき一団が走りくる光景を見ていた。

「さてどうしたものか」

影二郎がそば代と酒代を縁台において立ち上がった。すると釣竿の老人を追い抜いた一団が影二郎らのそば屋へと走り上がってきた。一人は陣笠を被り、残りの者たちは大小の他に六尺棒を携えていた。

「この者か、不審な行動をなすというは」

陣笠の男が手下に確かめた。

川越藩の目付小頭池田丹次郎《いけだたんじろう》だ。

「池田様、鉄砲屋敷を訪ねて国友佐五右衛門と長いこと、話し込んでおりましたし、屋敷を出た後、この者と一緒になった上に城を調べて回っておりました」

池田の目が影二郎と小才次の風体を見た。

「そなたら、城下で怪しき行動をなしておるようだが何者か」

「死んだ女の遺髪をその者の両親の墓所、養寿院に納めに来た者でな。ご不審とあらば、和尚の真巌師に問い合わせあれ」

影二郎が答えたとき、裾を後ろの腰帯に尻端折りし、釣竿を担いだ老人が坂道を上がってきた。そして、藩の目付が声を荒らげる様子を見た。さらに影二郎の風体を確かめた。その腰には脇差が差し落とされていた。すでに隠居の身のようだ。

「なにっ、法要に川越に参ったと申すか。ならば、なぜ鉄砲屋敷などを覗く」

「ちと関心があったゆえな、佐五右衛門様に許しを得て仕事場を見せてもらった。それだけのことだ」

「怪しき振る舞いかな。番屋に来られよ」

「迷惑じゃな」

と答えた影二郎が問い返した。

「譜代の松平斉典様のご城下には幕府の密偵が入り込んで調べられるようなことがお有りか」

「さようなことは一切ない」

「ならばそれがしのことなど捨て置かれよ」

「横柄なる態度、いよいよ持って怪しき奴かな。引っ立てよ」

池田が下知し、目付の下士が六尺棒を翳して取り巻いた。

影二郎は動かない。ただひっそりと立っていた。

その背後に小才次が、あかが身構えていた。だが、こちらも自ら仕掛ける気配はなかった。

目付の番士たちが行動を起こそうとしたとき、釣竿の老人が声を掛けた。

「目付どの、やめておかれよ」

第三者の介入に池田がじろりと老人を振り返り、菅笠の下の顔を確かめていたが、

「内海のご隠居」

と困惑の顔をした。

「池田、そなたらが束になっても適《かな》わぬ相手よ」

「われらの腕を蔑まれますな」

池田が気色《けしき》ばんだ。

「試してみるか」

ご隠居と呼ばれた老人が嗾《けしか》けた。

池田は老人の態度をどうとってよいか迷ったように黙り込んだ。

「江戸はアサリ河岸、鏡新明智流桃井春蔵道場で鬼と呼ばれた剣術家だぞ。そなたらの腕では太刀打ちできぬな」

「ご隠居、それではわれらの御役目が成り立ちませぬ」

「この場は大手前の隠居に任せておけ。そなたの上役どのには老人から挨拶致す」

「それでよろしいので」

「それが川越藩のためなのだ」

老人が言いきり、池田丹次郎らはそれでも迷うように立っていたが、

「行け。あとはこの内海《うつみ》六太夫《ろくだゆう》に任せよ」

と重ねていうと配下の者たちを率いて、そば、うどんの店から御番屋へと戻っていった。

それを確かめていた釣竿の老人、内海六太夫が影二郎に顔を向け、

「一別以来にござったな、四年ぶりか」

と挨拶した。

二

「老人、その節は造作をかけた」

天保八年、影二郎は初めての御用の途中に川越に赤間家を訪ねた。

その折、偶然にも出会った内海老人が若菜の働いていた藩御用の酒問屋まで連れていってくれたのだ。

六太夫はその時、萌や若菜の父、赤間乗克とは碁仲間だと説明していた。縁はそれだけのことだった。

「田圃道を歩いてきたら、喉が渇いたわ」

老人は釣竿を椎の木に立てかけると裾を下ろし、影二郎らが座っていた縁台に腰かけた。

影二郎は、

「小才次、仙波屋に戻っておれ」

と命じた。

小才次が頷き、城下へと戻っていった。

「老人、それがしの名を承知のようだな」

「夏目瑛二郎どのであったな。もっともただ今は影二郎と自ら名乗っておられるようだが」

「若菜の姉の遺髪を川越に納めにきたが風体が風体ゆえ、目付どのに怪しまれたようだ」

老人はぽんぽんと手を叩き、店の女に茶碗酒を二つ持って参れと命じた。

「この店の酒は鍵屋が醸造するものでな、酒だけは悪くない」

「先ほど賞味致した」

「ならば味は承知だな、美味であったろう」

「きりりとした喉越しにございましたな」

うーむ
と満足そうに微笑んだ内海老人が、

「目付は役目ゆえあのような詮議をするのが仕事だ、許されよ。だが、夏目どの、そなたも目付に目を付けられるような行動をとられたようだな」

影二郎はどうしたものかと答えに迷った。

小女が茶碗酒を運んできた。

老人が自ら茶碗を摑み、影二郎にも手にするように目で合図した。

「頂戴致そう」

小女が二人の縁台から消えた。

「そなたの父上は大目付常磐秀信様、そして、常磐様は老中首座水野様に近いと聞いておる。当藩の目付の池田が怪しんだのも無理はない」

「老人、聞いてもらおう」

「やはり法要にかこつけて御用であったか」

「いや、法要に川越に参ったは、間違いござらぬ。途中で奇怪な光景に出くわしたのが、そもそも騒ぎに巻き込まれる発端にございましてな」

影二郎は大根河岸近くの雑木林で見た光景から徳丸ヶ原の演習の最中に最新式の洋制鉄砲十挺が盗まれた事実、さらにはその鉄砲が川越藩の鉄砲鍛冶国友宇平の新鉄砲屋敷に運び込まれたと推測されることなどを告げた。

内海老人は茶碗酒をちびりと口に含み、舌先で転がしていたがぐいっと喉に落とした。

「なんということが起こっておることか」

と呻き声を洩らした。

「先ほどの者は父が使う小者にござるが、それがしを早々に江戸に呼び戻しに参ったのです」

「だが、影二郎どのはすでに鉄砲十挺の探索を始めておられた」

「偶然にもな」

「川越藩は暢気に構えておれぬ事態に巻き込まれたわ」

と言いながらも内海六太夫は悠然と構えていた。

「老人、ご隠居前の役職はなんだな」

「松平家が前橋から移ってきたことはご存じだな。その縁で今も前橋七万五千石は松平家の分領だ。その分領の元〆代官を長年務め、最後は年寄の一人であった」

川越藩では年寄は家老職、於小書院、御城代などと並ぶ重職の一つだ。

「倅がただ今御番頭を務め、江戸に在府しておる」

目付役人を言葉ひとつで去らせるくらい朝飯前の家系だった。

「さてどうしたものか」

六太夫が茶碗を手に考え込んだ。

「老人、当家と南町奉行鳥居耀蔵どのとは因縁がござろうか」

「格別江戸で恐れられる妖怪どのとは縁があるとは思えぬがのう」

と呟いた。

「因幡里美様はいかがかな」

六太夫老人の目が光った。

「なぜその名を出された」

「佐五右衛門どのの秘蔵弟子、国友宇平を強引に外に出し、藩御用の鉄砲鍛冶として推挙したのは江戸家老因幡様の分家と聞いたでな」

「正直あれにはわれらも驚き申した。そもそもかようなご時世でなければ、川越藩が鉄砲鍛冶を二家も抱える要はない。もはやそれがし隠居していたゆえ仔細は知らぬが、強引に宇平を藩御用の二人目の鉄砲鍛冶にしたそうな」

「里美様と鳥居が繋がっておれば宇平の独立も、此度の騒ぎも納得がいく」

「だが、そのために川越藩は大目付の密偵に目をつけられておる」

「ということです」

「さてさてどうしたものか」

六太夫はくいっと茶碗酒を飲み干し、奥に向かって、

「もう一杯くれぬか」

と叫んだ。

「へえっ」

老爺の声が奥から響いた。

昼下がりの刻限を過ぎ、そばとうどんが売り物の店には内海六太夫と夏目影二郎の二人が残るだけになっていた。

「夏目どの、この一件、すでに大目付の父上は承知か」

「いえ、一切知らせてございませぬ」

「老人が一働きして真相が解明できれば、幕閣に知られることなく騒ぎを鎮めることが可能でござろうか」

「老人、それがし、すでに父や老中水野忠邦様の耳目となっていくつかの騒ぎに関わったことがござる。だが、事件に巻き込まれた一家として改易になり、藩主が切腹などの沙汰

に遭ったところはござらぬ。無論謀反を起こした当人は別にしてのことでござるがな」

六太夫が、
ぽーん
と膝を打った。

そこへ新しい酒が運ばれてきた。

「ここは夏目影二郎どのを信用するしか手はあるまい」

と呟き、二杯目の茶碗酒を手にした。

「老人、四年前、それがしは名を名乗らなかったはずだが」

影二郎は改めて聞いた。

「なぜそなたの身許を承知と申されるか」

「さよう」

「そなたと出会った後、赤間乗克どのの息女が川越を離れられた。鍵屋に聞くと江戸に出られたという。碁仲間であった赤間家は不運続きでな、気にしておった矢先のことだ。今から二年も前のことか、江戸に出る機会があったで、鍵屋に聞いて若菜どのがおられるという浅草の料理茶屋嵐山を訪ねたことがある」

「なんとそれがしの祖父母の家を訪ねられたか」

「偶々《たまたま》若菜どのもそなたも留守でな、酒を飲み、料理を食べてその日は藩邸に戻った。気になることもあったで、藩の者に調べさせた。それでそなたの父親が常磐秀信様、母親が嵐山の一人娘だったみつどのと分かったのだ」

「それがしが島送りになる身であったこともご承知か」

「そなたの想い女は、そもそも姉の萌どのだったそうな。萌どのが自害なされた背景には聖天の仏七とか申すやくざと御用聞きの二枚看板の悪が関わっていたとか。そなたはその男を叩き斬った。それで島送りの沙汰を受けたのだったな」

「すべてをご存じだ」

「川越藩は夏目影二郎の侠気に運命を託すしか道はないようだ。そのために隠居の内海六太夫が内々に動く、それでよろしいか」

「承知仕《つかまつ》った」

誓約がなり、二人は残った茶碗酒を飲み干した。

影二郎とあかが仙波屋に戻ったとき、若菜もすでに姿があった。

「どうだ、鍵屋様で昔の朋輩衆と話せたか」

「女将様を始め、昔なじみの方々とお昼を食べながら過ごしました。鍵屋様では影二郎様のことも承知で、今度はご一緒にとのお誘いを受けました」

「おそらく年寄を務められていた内海六太夫様が話されたのであろう。内海様はそなたが留守の折、嵐山を訪ねておられるのだ」

「なんとまあ、それは存じませんでした」

「小才次はどうしたな」

「鉄砲屋敷を覗いてくるとか出かけられました。夕餉までには戻ると言い残していかれましたから、そろそろ戻られましょう」

と答えた若菜が、

「影二郎様、川越にはいつまで逗留なさいますな」

と聞いた。

「相手次第だ。そなたは四年ぶりの古里だ、のんびりして参れ」

「とは申されてもお婆様とお爺様が寂しがっておられましょう」

「たまさかの骨休めだ。若菜がおらぬ暮らしがいかに大変か、年寄りに分からすよい機会だぞ」

「まあ、なんてことを」

若菜と影二郎は四方山《よもやま》話をしながら過ごした。

いつの間にか夕暮れが訪れ、この季節には珍しい強い風が川越城下を吹き始めていた。

「小才次様は帰って見えませんね」

夕餉の膳が運ばれてくる刻限になっても小才次が戻ってくる様子はなかった。

「酒を頼んで参りましょうか」

「先ほどの酒が残っておる。それに今宵は訪ね人があるやもしれぬ。それより汗を流してこよう」

影二郎は断り、湯に行った。

湯には先客があった。

小太りの体に丸顔、顎には無精髭が生えていた。全身から重い疲労と重圧が見てとれた。

「上州に住み辛くなったようだな」

「ご時世ですね」

天保の飢饉の最中、関東取締出役、通称八州廻りと死闘を演じている国定忠治が言ってのけた。

この数年、忠治には苦難の日々が待ち受けていた。

子分の神崎友五郎《かんざきともごろう》、八寸の才市《はっすんのさいいち》、さらには文蔵《ぶんぞう》を八州廻りに捕らえられ、斬刑に処せられていた。かつては忠治が一声かければ八百や千の子分たちが直ぐにも参集してくるといわれていた。それが手足をもがれるように一人、ふたりと股肱《ここう》の臣《しん》を失っていた。
上州の無法者国定忠治が自由に大手を振って伸し歩けたには、
一には天保の飢饉の社会的混乱
一には捕縛する側の関東取締出役の腐敗
があった。
なおも天保の飢饉は続き、関八州には国定忠治を義賊、お助け人と考える人々が少なからずいた。
忠治は機業の盛んな上州一円の豪商に願い、時に強訴してお助け金を差し出させ、それを困窮する人々に配って歩くのもまた事実だった。
生来、飢饉に際してお助け米などを配るのは幕府、大名ら為政者の務めであった。それを一介の渡世人が手を下す、幕府にとっても国定忠治は二重三重に憎しみの対象となっていた。
だが、忠治を追う八州廻りたちは腐敗に堕し、御用旅で私服を肥やすことに熱心であった。
そのため幕府は天保十年、隠密裏に関八州の治安を担当する関東取締出役十三人および火付盗賊改五人を捕縛、不正の廉《かど》で厳罰に処した。

忠治を追っていた吉田左五郎、大田平助、小池三助、須藤保次郎、内藤賢一郎の八州廻り全員が捕縛され、罷免《ひめん》された。

驚天動地《きょうてんどうち》の大粛清であった。

そして、河野啓助、太田源助、奈古留七郎、中川誠一郎ら七人が新任され、国定忠治捕縛へ新たな包囲網を敷き直したところだ。

「旦那は玉村宿の主馬《しゅめ》という博徒を承知ですかえ」

「知らぬな」

「おれが言うのもなんだが、渡世の風上にも置けねえ野郎でねえ、こやつがおれの子分の山王民五郎《さんのうたみごろう》を踏ん捕まえやがった。この忠治が上州にいればこんな真似はさせなかった」

忠治の吐き捨てるような語調には苛立ちがあった。これまで影二郎が聞いたこともない哀しみと嘆きが見られた。

「忠治、おまえは劣勢になった一家を立て直すために最新式のエンフィールド銃を狙っておるのか」

「さすがに南蛮の旦那だねえ、話が分かりやすいや」

「鳥居耀蔵の上前を撥ねるのは容易なことではあるまい。それにもしそれをやってのけたとしろ。幕府はいよいよしゃにむになって、おまえの捕縛に走るぜ」

「旦那、もはやなんぞ手を打たなければ国定忠治一家は終わりだ。今足掻《あが》くしか生きる道はねえのさ」

「さて困ったな」

「そう万策尽きた。世の中が国定忠治なんぞいらねえというのなら、おれが獄門礫になるのは仕方がねえ。渡世の道に入ったときからの覚悟だ。だが、旦那、あちらもこちらも見てみねえ、明日の米どころか今日の食べ物に困っている人間ばかりだぜ、そいつらがいるかぎり忠治は足掻いて足掻いても生きていかにゃあならねえのだ」

「義賊なんて名を貰ったおまえの辛いところだ」

忠治が湯の中で力なく苦笑いした。

「おれが鳥居の上前を撥ねるためには旦那の目を誤魔化さねばならねえ。そこでさ、今宵こうして挨拶に出たというわけだ」

「律儀なことだ。だが、忠治、覚えておいてくれ、おれの親父は大目付だぜ……」

「おっと待った、その先は言いっこなしだ。腹で分かり合っていればいいことだ。勝ち負けはそのときの運否天賦《うんぷてんぷ》よ」

忠治は明確にエンフィールド銃の奪取を宣言し、それを阻むなら影二郎とも雌雄を決すると言っていた。

影二郎が頷き、

「博徒のおまえに説教じみるのは嫌だが、忠治、身を労《いた》われ」

苦笑いした忠治の体が湯から出た。

「どこぞでお目に掛かりましょうかえ」

「その折には酒でもしみじみと酌み交わしたいものだな」

「待ってますぜ」

忠治が湯から消えた。


影二郎が座敷に戻ると膳が三つ運ばれていた。だが、小才次の姿はまだなかった。

庭には相変わらず東風が吹いていた。生暖かい風だった。

「長い湯でしたねえ」

若菜がそう聞いた。

「相客がいたのでな、つい話し込んだ」

「旅の方ですか」

「上州を根城に関八州から陸奥、東海筋と旅をしている男だったよ」

とだけ影二郎は答えた。

「若菜、すまぬが酒を頼んでくれぬか。長湯したら、昼間の酒がすっかり抜けた」

「頼んでございます」

「おおっ、気を利かせてくれたか」

というところに熱燗の酒が運ばれてきた。

「小才次が戻るまで、若菜、二人で酒を飲んでいようか」

影二郎はまず若菜に猪口を持たせて酒を注いだ。

「まあ、私からなんて」

影二郎は手酌で酒器を満たした。

「頂こうか」

昼間の冷酒と異なり、湯上りの人肌はまた格別だった。一、二杯の酒に若菜の白い顔がほんのりと桜色に染まった。

「明日はどうするな」

「まだ父上が健在の頃、娘は芸事の一つも覚えておかねばならぬと琴を習ったことがございました」

「なにっ、そなたは琴が弾けるのか」

「いえ、ついに身につくことはございませんでした。ですが、師匠の寺宮検校《てらみやけんぎょう》様のところに今朝方、挨拶に伺いますと明日にも昔の稽古仲間を呼んでくれると申されました。久しぶりに琴仲間と談笑して参りたいと思います」

「それはよい」

と答えた影二郎は、

「若菜、江戸に戻ったら、改めて琴の師匠に入門してやり直してみぬか。江戸にも同流の琴の師匠はおられよう」

「ようございますか」

「亡くなられた父上が申されたことを成就するのも親孝行の一つだぞ」

影二郎がそんなことを答えたとき、風に乗って半鐘の音が聞こえたような気がした。

影二郎は手にした猪口をそのままに耳を澄ませた。

「半鐘の音にございますか」

若菜もそう聞いたか、不安そうに眉を顰《ひそ》めた。

今度ははっきりと火事を告げる音が伝わってきた。どうやら城中の火の見櫓で打ち出される半鐘のようで太鼓の乱打が重なって響いてきた。さらには時鳴鐘も打ち出され始めた。

仙波屋も急に騒がしくなった。

川越では寛永十五年一月に城内、城下の多くを焼く大火に見舞われていた。それだけに火事には敏感な土地柄だ。

三

通りが急に騒がしくなった。

「若菜、様子を見てこよう」

影二郎の言葉で若菜の顔に不安が走った。

「万が一のことがあれば、養寿院が落ち合う場所じゃぞ」

「あかはどうしますか」

「おれが連れて参ろう」

影二郎は一文字笠を被り、火の粉避けに南蛮外衣を肩にかけた。

若菜は玄関先まで見送りに出るために法城寺佐常を手にした。

廊下や階段には泊まり客や奉公人たちが立って外の様子を窺《うかが》っていた。

「火の手は遠おうございます。もし広がるようなればお客様にお知らせ致しますで、荷物だけを纏めておいて下さいまし」

玄関先では番頭が声を張り上げていた。

影二郎が表に立つと、あかが擦り寄ってきた。

門前まで見送った若菜が先反佐常を差し出した。

影二郎は腰に差し落として、若菜を見た。

「若菜、よいな。火が燃え広がるようなれば、早めに養寿院に避難致すのじゃぞ」

と強く言った。

「はい。落ち合う先は養寿院にございますな」

「いかにもさようだ。あか、火事の現場へ案内せえ」

四肢ががっちりと張ったあかが影二郎の前に立った。

「お気を付けて」

通りでは早や荷車に家財道具を積んで城下外れに逃げていく人の姿も見られた。だが、大半は火事見物の野次馬でお城に向かって走り出していた。

影二郎とあかも人の波に従ってそちらに向かった。

「あか、離れるでないぞ」

火の手は川越の城と喜多院の中ほどの屋敷町から出たようだ。

東風に乗って町屋へと広がりを見せていた。

城中からも城火消しの面々が、城下からも町火消しが現場へと駆けつけて消火に当たっていた。

影二郎とあかは黒々とした見物の背の向こうに炎を見た。

時折、天を焦がす大きな炎が上がり、それが東風に吹かれて武家屋敷から町屋へと飛んだ。

その度に悲鳴とも喚声ともつかぬ叫びが上がった。

「先に廃絶になった青木吉五郎様の上がり屋敷から火が出たとよ」

「青木様は跡取りがおらずに廃絶されたお屋敷でしたな」

「そういうことだ」

「人もいない屋敷から火が出ましたか」

「どうもそうらしいな」

職人と隠居然とした老人の会話が影二郎の耳に入った。

新たに風に煽られ、炎が高く夜空に上がった。大火を予感させる炎はそれを皮切りに下火になった。破壊消火が効を奏したのだろう、だんだんと夜空を焦がす炎も小さくなっていった。

野次馬たちもぼつぼつと家に戻り始めた。

「あか、仙波屋に戻ろうか」

影二郎とあかは通りを旅籠へと向かった。

仙波屋では客たちは自分たちの部屋に引き上げ、玄関先に法被《はっぴ》を着た番頭が立っているだけだった。

「幸いにも大火にならずよかったな」

「発見が早かったのでございましょう。なにより川越は火には敏感な土地柄ですから」

「番頭、火は人のいない屋敷から出たというぞ」

「それでございますよ。付け火と早や噂が飛んでいるそうにございます」

さすがに番頭だ、店にいて色々と情報を持っていた。

影二郎は部屋に戻った。すると若菜も小才次の姿も見えなかった。小才次の膳だけが残されていた。ということはまだ戻ってないということだ。しばらく待った後、影二郎は再び玄関に向かった。

番頭はまだ門前に立っていた。

「番頭、連れがどこにいったか知らぬか」

「お連れ様と申されますと男衆《おとこし》ですか」

「いや、若菜だ」

「若菜様は部屋におられませぬか」

「おかしゅうございますな」

番頭は玄関に戻ると女中たちを呼び集め、若菜を知らぬかと聞いた。すると若い女中の一人が、

「火事騒ぎの最中、見かけました」

と答えた。

若菜は影二郎らを見送った後も門前に残ったか、あるいは一旦部屋に戻ったが不安でまた出てきたかしたのだろう。

「おこう、それで若菜様はどうなされたか承知か」

「四半刻もした頃かねえ、寺男のような男衆が若菜様になんぞ話しかけていただねえ。火が一番燃え盛っている頃合だ」

「ご一緒の男衆ではないか」

「小才次さんではねえだ」

「別の男衆だと。それでどうなされたな、若菜様は」

「養寿院にお待ちなのですねと言われて、男衆と一緒に出ていかれましたよ」

若菜が何者かに誘い出されていた。

大火の場合、落ち合う先を赤間家の菩提寺の養寿院と決めたのは影二郎であり、それを承知なのは若菜だけだ。

「影二郎様」

という声に振り向くと昼間から外出をしていた小才次だ。

「なんぞございましたので」

異常な気配を察した小才次が影二郎に問うた。

「若菜が誘い出されたようだ」

影二郎が手早く経緯《いきさつ》を告げた。

「なんと」

と答えた小才次が、

「念のためです、養寿院に尋ねて参ります」

と言った。

「おれも行く」

二人は夜の川越城下を走り出した。するとあかも従ってきた。

一気に養寿院の山門を潜り、庫裏に行った。火事騒ぎのせいで庫裏にはまだ僧たちが起きていた。

影二郎が事情を告げると庫裏を預かる納所《なっしょ》坊主が、

「赤間若菜様をうちのだれかが呼び出すなどございません」

とはっきり否定した。

「若菜様は南町の手に落ちたのでしょうか」

庫裏を出た時、小才次が問うた。

「分からぬ」

と答えた影二郎が、

「小才次、そなたもえらく遅かったがなんぞあったか」

「それにございます。夕暮れ前、新鉄砲屋敷から荷が何箱も出まして、藩の御用船国方丸に船積みされました。荷はなんでも江戸を経由して、相州分領の浦郷村に送られる鉄砲や道具だそうにございます。そいつの出船を確かめていたせいで遅くなりました。警備も厳重でございますゆえ、まず鉄砲と見てよいかと考えます」

「相州分領に鉄砲が送られたとな」

影二郎はこのことをどう考えるべきか思案した。だが、答えは出るわけもなかった。

当面の問題は若菜の拘引《かどわか》しだ。

「妖怪どのの手に落ちたのなら、なんぞ相手から言って参ろう。仙波屋に戻ろうか」
影二郎が覚悟を決めて養寿院の山門を出て、石段を降りた。
あかが暗闇に向かって、
ううっ
と威嚇した。
影二郎も小才次も闇を窺《うかが》った。すると、
ゆらり
と闇が動いて影二郎と同じく着流しに一文字笠の男が姿を見せた。
右手を袖に突っ込み隠していた。
痩身の腰に黒塗大小拵《くろぬりだいしょうこしらえ》の剣を手挟んでいるところが影二郎と異なった。それに頬のこけた、殺伐とした相貌にはどこか暗い死の翳が感じられた。そして、なにより痩身から腐敗した血の臭いが漂ってきた。
年は影二郎よりも十三、四歳上だろう。
「どなたかな」
影二郎の問いに男が懐から手を出して、なにかを影二郎の足元に投げた。
影二郎は男の次なる動きを注視して投げられたものを見なかった。

あかが再び呻《うな》り、投げられたものの匂いを嗅いで、
うぅっわーん
と吼えた。

あかが匂いを嗅ぐものを小才次が拾い上げて、

「若菜様の櫛のように思えます」

と叫んだ。

確かに鼈甲《べっこう》の櫛には覚えがあった。

「そなたの手に若菜は落ちたというか」

「夏目瑛二郎、鏡新明智流の鬼と威張れるのもそう長いことではない」

男の口からこの言葉が洩れた。

「そなた、おれがアサリ河岸の門弟であったことを承知か。流儀を聞いておこうか」

「そなたと同じように道場を出た人間よ」

「昔の流儀は」

影二郎は思い当たることがあって聞いた。

「北辰一刀流」

「千葉周作先生の門人とな」

北辰一刀流の流祖は千葉周作成政《なりまさ》だ。

寛政六年（一七九四）に陸前栗原郡花山村《りくぜんくりはらごおりはなやまむら》に出生した。

祖父千葉吉之丞常成は相馬藩の剣術師範で流名を北辰夢想流と称した。故あって浪人し、栗原郡花山村に居を構えた。その娘婿になった幸右衛門成勝の次男於菟松《おとまつ》が後の千葉周作である。

江戸に出た周作は神田お玉が池に玄武館道場を開き、北辰に一刀を号して北辰一刀流の看板を上げた。

この周作、天保六年から水戸藩に出張教授をなし、十六人扶持を授けられ、さらにこの年の天保十二年には藩校弘道館師範に任じられて、馬廻役百石に昇進していた。

数年も前のお玉が池の千葉道場に、

「幻の剣客」

と呼ばれた男がいた。

この者、稽古は熱心ではなかった。だが、鬼気迫る立合いは師匠の千葉周作もたじたじとすると噂された。猛稽古で鳴る千葉道場にあって好き勝手の修行ぶりで酒に酔って道場に現れ、それを咎めた師範代を木刀で殴りつけたとか。それを知った周作が激怒して道場から追い出していた。

その後、その幻の剣客は江戸で道場破りなどして食いつなぎ、千葉道場の面々の追跡を受けることになった。

そのせいか忽然《こつぜん》と江戸から姿を消していた。

「そなた、経徳桜次郎《きょうとくおうじろう》どのか」

「おれの名を承知か」

「お玉が池で千葉周作先生を手こずらした剣術家は経徳桜次郎どのだけ、今も伝説の剣客にござる」

「夏目、また見《まみ》えることもあろう」

痩身が闇に紛れようとした。

「若菜の体に一つでも傷を付けたとなれば、経徳どのとて許せぬ。夏目影二郎、修羅と化してそなたを追跡致す」

小才次が経徳の後を尾行しようと後退りして闇に紛れようとした。

そのとき、影二郎らは新たな敵の輪に囲まれていることが分かった。

影二郎らは本能で屋敷の塀を背負うように土塀の下まで後退した。

経徳桜次郎に代わって姿を見せたのは明らかに川越藩士と思える武士団だ。無言の裡に剣を抜いて、攻撃の態勢を整え終えた。

大兵《だいひょう》の武士を中心に影二郎らを塀際へ囲い込んだ動きに無駄がない。剣術仲間か、連携が取れていた。

「松平斉典様ご家中に剣を向けられる謂《いわ》れもござらぬ。それがし、この養寿院に縁あった女の遺髪を納めにきた人間、当寺に問い合わされよ」

だが、無言の集団はさらに輪を縮めた。

影二郎は右肩にかけていた南蛮外衣の襟を右手で摑んだ。

「小才次、あか、伏せておれ」

そう命じた影二郎が、
すいっ
と前へ出た。

その瞬間、影二郎の右手から八双に構えた剣を振り下ろしながら間合いを詰めてきた者がいた。

影二郎の手に力が入り、肩に折り畳んでかけられていた南蛮外衣が力を蘇らせた。

ぱあっ
と肩から滑った南蛮合羽が虚空に立ち上がり、その直後、黒羅紗の表地と猩々緋の裏地が大輪の花を咲かせたように広がった。

影二郎の手首の捻りとともに裾の両端に縫い込められていた銀玉二十匁（七五グラム）の一つが飛び込んできた藩士の横鬢を襲うと、

ううっ

という呻き声とともに横倒しに転がした。

「ただの手妻じゃぞ！」

頭分の大兵が叫び、二人が同時に南蛮外衣の舞う真下に飛び込んできた。

再び影二郎の手首が捻られ、複雑な旋回で黒と赤の渦を夜空に描いた南蛮外衣が相手の腰を、胸を次々に強打して転がした。

「おのれ、おれが出る！」

大兵が一歩踏み出したとき、新たな足音がして提灯の明かりが山門前に入ってきた。

小者に提灯を持たせた老人が叫んだ。

「待て！　神道通神流《しんどうつうじん》渡辺道場の門弟衆と見た、手を引かれよ！」

老人の声に頭分がちらりとそちらを見た。

「ただ今は隠居の身ながら、当藩の元年寄内海六太夫だ。引け、剣を引かぬか！」

内海の叱咤の声に大兵が攻撃を中断した。

「内海様、こやつ、幕府の隠密だそうにございますぞ」

「小坂井《こざかい》、隠密もなにもあるか。当藩は親藩大名、江戸の北側の守りと称される川越守護を任された番城である。幕府の隠密など入る余地もないわ。この場は内海に任せて引き上げよ」

内海六太夫に再三諭されて神道通神流の門弟たちが南蛮外衣に転がされた三人に手を貸してその場から姿を消した。

影二郎は未だ闇の奥に潜む経徳桜次郎を一瞥し、すでにだらりと垂れていた南蛮外衣を肩に戻した。

「老人、造作をかけ申した」

「若菜どのが何者かに拘引《かどわか》されたとな」

「養寿院に誘い出されたというので寺に確かめましたが無駄でした。それに……」

山門を出たときからの経緯を話して、小才次の手にあった櫛を影二郎は確かめた。

「この鼈甲の櫛はそれがしの亡母の形見、祖母の許しを得て若菜に与えたものにございます」

「若菜どのは古里の川越でなんという目に」

内海六太夫が怒りとともに吐き棄てた。

「夏目どの」

と呼びかけた六太夫老人が小才次のことを気にした。

「この者、父の密偵にしてそれがしの手足でござればなんの心配も要りませぬ」

頷いた内海六太夫が、

「火事騒ぎの最中、新鉄砲屋敷に藩目付の手が入った。徳丸ヶ原から運び込まれたエンフィールド銃とか申す洋制鉄砲の捜索だ。だが、運び込まれたと申す洋制鉄砲などどこにも見当たらぬ」

「それがしの情報が間違いであったと申されるか」

「いや、それが……」

と六太夫が言葉を切った。

「訝しいことに新鉄砲屋敷はもぬけの殻でな、鉄砲鍛冶の国友宇平ら一統は川越から姿を消してだれもおらぬのだ」

「もはや屋敷には戻らぬと申されますか」

「目付の話ではどうやら退転した気配と申す」

「となればエンフィールド銃を何処かに運び込み、密かに複製するつもりではございませぬか」

「徳丸ヶ原から盗み出した鉄砲の受け渡しをそなたに目撃されておる。それゆえ他の場所に移したということは十分に考えられよう」

「老人、夕刻前、藩の御用船で相模の分領浦郷村に鉄砲が運ばれたのはご存じであろうな」

「そなた、すでに承知か」

「この小才次が探り出してきた事にござる」

「あれは前々から決まっておったことだ。幕府の方針に従い、海防警備強化のために補充される鉄砲五十挺でな、弾丸と一緒に送られたのだ」

「その直後に国友宇平が姿を消した」

「なんとも訝しき話よ」

「この一件、川越藩のご家来が関わっておられるかどうか。つまりは相模分領に送られる鉄砲に徳丸ヶ原で盗まれた洋制鉄砲エンフィールド銃が紛れてはおりませぬか」

「先ほどの者たちにも申したが松平家は徳川家親藩にござれば一家を上げて、幕府に楯突くなど考えられぬ。じゃが、一部の者がよからぬ考えを持ったと否定しきれぬ事態ではござる」

　内海六太夫は正直に考えを述べた。

「家中の者で川越を退転した者がござろうか」

「夏目どの、火事騒ぎで家中の者たちの動静を未だ摑めておらぬ。このことと相模分領の浦郷陣屋に洋制鉄砲が送られたかどうか調べるゆえ、暫時《ざんじ》、時を貸して下され」

頷いた影二郎が聞いた。

「老人、その火事じゃが、空屋敷に火付けをしたという噂を耳にしたがいかがか」

「そのことよ。町在奉行、目付と走り回っているが空屋敷からの出火、まず火付けと見てよかろう」

「となれば騒ぎに乗じて川越を退転したものが起こした火付けとは考えられぬか」

ううう

と内海六太夫が呻いて目を丸くした。

「そこまでは考えもせなんだわ」

「われらの目を逸らすためには、親藩の城下で火付けすら辞さぬのが、妖怪鳥居耀蔵ですぞ」

「なんということが」

と呟いた六太夫がしばし沈黙して考えていたが、

「おぬし、若菜どのの一件、どう致す所存か」

と反問した。

「老人、此度の一連の騒ぎと若菜拘引《かどわか》しは密接に繋がっておる。鉄砲の行方を追えば、自然と若菜の行方もわかるというもの」

「夏目どの、極秘の内に城下に若菜どのがおるかどうか探索させる。しばし時を貸してくだされ」

と言うと提灯を持った小者を従え、裾を絡げた格好で内海六太夫が通りに走り消えた。

あっ
と小才次が声を上げた。

「いかがした」

「あかの姿が見当たりませぬ」

「なにっ」

影二郎が養寿院の山門前を見回したがあかの姿はどこにもなかった。

「あかめ、経徳桜次郎の後を追っていったのではあるまいか」

「若菜様の櫛の匂いを嗅ぎ、あの気味の悪い侍に従えば、若菜様の下まで辿りつくと考えたのでしょうか」

「犬の本能が若菜に会えると教えたようだな」

「私どもはどうします」

「六太夫老人との約束でもある。川越藩の調べを待って動くことになろう」

二人は再び夜の城下町を辿って仙波屋へと戻っていった。

「影二郎様、経徳桜次郎はそれほど強い剣客なのでございますか」

「おれも道場も流派も違うで、あやつがお玉が池で鳴らした時代は知らぬ。だが、おれの先輩方は経徳がお玉が池の猛稽古を続けていれば、天保の剣術界は大きく変わったろうと常々話されるのを聞いたことがある。経徳の剣は底知れぬ可能性を秘めた天性の剣だ。だが、酒好きが稽古を休ませた、それになんぞ宿痾《しゅくあ》の病を幼きときから持っているのかも知れぬ」

「よくも今まで生きながらえることが出来ましたな」

「殺した相手の生き血でも啜ってきおったか」

ぎょっ
とした小才次の足が止まり、影二郎を見た。

「たとえだが、当たらずとも遠からずであろう」

仙波屋の門前から明かりがこぼれていた。

若菜の身を心配した番頭が起きて待っていたのだ。

「若菜様の行方、摑めましたか」

「分からぬ。だが、だれが拘引《かどわか》したかだけは推測ついた」

「それはようございました」

「あかが若菜の後を追っておる。なんぞよき知らせを持ってくるとよいがな」

「待つだけにございますか。私どもになんぞすることはございますか」

「有難い申し出だが、元年寄の内海六太夫様が動いておられる」

「内海様ならば是非を承知の年寄にございました。理にそぐわぬことがあれば上役にも抗議なされた剛直な仁、きっとよき知らせを届けてくれましょう」

「番頭どの、小才次は騒ぎで夕餉を食しておらぬ」

「汁を温め直させます」

「硯と筆を貸してくれ。それに酒を冷でよい、十分に持ってきてくれぬか」

「承知しました」

部屋に戻った影二郎と小才次は長い夜を過ごすことになった。

第三話　前橋分領潜入

一

小才次が遅い夕餉を食すかたわらで酒を飲みながら、父の常磐秀信に宛てて川越舟運の大根河岸外れで目撃した光景から川越で起こったことを克明に告げ知らせ、最後に若菜が誘拐されたことを付記した。

秀信に知らせれば当然配下の菱沼喜十郎とおこま親子に報告の詳細は通じる、その先は秀信が菱沼親子にいかになすかの行動を命じようと思った。

さらにもう一通、祖父母の添太郎といくに若菜が拘引《かどわか》されたことを、必ずや無事に取り戻すことを、さらにあかが若菜の行方を追っていることなどを知らせる手紙を書き上げた。

夜明けがやってきた。

が、あかも戻ってくる気配がなく、内海六太夫からも連絡はなかった。

旅籠が動き出していた。

「影二郎様、五河岸を最初に立つ舟に手紙を託しましょうか」

「そうしてくれ。大目付御用と申して急がせよ」

「承知しました」

小才次が仙波屋を出た後、影二郎も立ち上がった。

玄関先に番頭がいた。

「番頭どの、ちと出てくる。だれぞ客があればさほど長い時間は掛からぬと申してくれぬか」

「承知しました」

番頭に見送られた影二郎は一文字笠を被っただけの着流しで、法城寺佐常を腰に差し落として城下に出た。

向かった先は城下の北外れを流れる入間川《いるまがわ》の河原だ。

勘を頼りにしばらく河原を歩くと目当てのものがあった。

門付け芸人、石工《いしく》、祭文語り、猿楽《さるがく》、渡世人などが泊まる流れ宿《ぐ》、善根宿《ぜんこんやど》だ。

これらの宿は長吏《ちょうり》、座頭《ざとう》、陰陽師《おんみょうじ》など二十九職を束ねる浅草弾左衛門が支配していた。

すでに一夜の宿りをなした旅人や芸人たちは出立するか仕事に出ていた。

流れ宿で流木を鋸《のこぎり》で引き切り、鉈《なた》で割っているのが宿主のようだ。その周りを鶏が飛び回っていた。

「ちと頼みたきことがあって参上した」

影二郎は一文字笠を脱ぐと裏に返して宿主に見せた。光具合で漆の下から、
江戸鳥越住人之許
と梵字が浮かび上がった。

浅草弾左衛門を頭とする世界の通行手形だ。

「浅草の親方の知り合いですか」

「さよう、夏目影二郎と申す」

「頼みとはなんでございますな」

影二郎は壮年の男が流木を鋸で引き切ったり、鉈で割ったりするかたわら、流木の一つにどっかと腰を下ろした。

若菜が陥った危難を告げ、なんぞ目撃したものがあれば知らせてくれぬかと頼んだ。

「若菜に繋がる話なれば報償を出す。そなたに前もって預けておく」

影二郎は懐から財布を取り出そうとした。

「夏目様、かような宿に泊まる者たちです。舟運や街道をいく怪しいものには必ず目を留めます。われらは、人扱いはされぬ者たちですからな、その場にいてもだれも気にとめることもしませぬ。ですが、最初に小判を見せると、都合のよい話をでっち上げるやも知れませぬ、それが人間でございます」

「いかにもそなたが申すとおりかな」

「私が話を聞き、これぞと思うたことを夏目様の下に知らせます。夏目様が話を聞いてこれぞと判断なされたとき、なにがしかの金子《きんす》を渡して下されそれ」

「それがし、城下の仙波屋に投宿しておる」

「承知しました」

影二郎は用事を終え、流木から腰を上げた。

あとは待つだけだ。

川越城下を炎暑が見舞った。

影二郎は仙波屋にどっかと腰を下ろして、どこぞから吉報が届くのを待っていた。旅籠の庭で蟬が一頻《ひとしき》り鳴いてどこかへ飛んでいった。

（若菜、あか、どこへ行った）

影二郎が胸の中に問いかけた。

小才次はいたたまれないらしく、なにかを思いついたように、

「ちょいと出て参ります」

というと若菜を探して城下を走り回り、汗みどろの顔で仙波屋に戻ってきた。だが、事態は変わらない。

時が緩く、重苦しく流れる半日が過ぎ、ようやく暑さが峠を越えて、城下に夕風が吹き始めた。

「御免」

と仙波屋の座敷に入ってきたのは内海六太夫と羽織袴の武家だった。

連れの武家は三十七、八歳か。日に焼けた顔は精悍な表情であったが、緊張を隠しきれないでいた。

「内海様、暑さの最中《さなか》、ご苦労をかけました」

「なんのなんの、夏目どの、やきもきされたであろうな」

と着流しの腰に脇差を差しただけの六太夫が懐から手拭いを出して額の汗を拭き、どっかと座った。

連れの武家も控えめに座した。

小才次が廊下に出ていった。

「夏目どの、この者は家中の御目付を務める越中神五郎《えつちゅうじんごろう》でな。それがしの甥でもござる」

影二郎と越中は黙って会釈を交わした。

越中の緊張は影二郎の立場にあった。当然、影二郎の実父が大名を糾弾する大目付の職にあり、老中首座の水野忠邦と繋がっていることを承知していると思えた。

「神五郎、話せ」

六太夫が命じた。

「叔父御から夏目様の陥った危難を聞き及び、われら御目付、必死の探索を続けております。確かな結論が出たわけではございませぬが、ご報告申し上げます」

「造作をかけます、越中どの」

「鉄砲鍛冶国友宇平とその一統が川越を立ち退いたのは確かなことです。弟子たちのうち、何人かは川越に残した家族に暇乞いをして、菩提寺に永代供養料を納めた者もおりました。その者たちの一人がわれらは御用により、相模分領に転じて、新しく鉄砲御用を承ると言い残しております」

「相州浦郷村ですか」

「宇平め、川越で鍛造した鉄砲の大半と道具類を御用船で浦郷陣屋に送り出しておる」

と六太夫が口を挟んだ。

頷いた越中が、

「ところがこの御用、川越藩では公の命が発せられたわけではございませぬ。江戸家老の因幡棟継様の直々の命とか、分家の御寄合因幡里美様を通して移動が決まったのです。川越にある国家老高山《たかやま》様も知らぬ動きにございます」

「川越藩では国家老が知らぬ人事や御用がしばしばございますので」

越中が苦渋に満ちた顔をした。

「国家老高山左近《さこん》様は若き折から川越藩の財政改革に携わってこられた方だ。元々剃刀《かみそり》高山と称されたくらいに鋭敏なお方でな、力技と腹芸も持ち合わせた人物であった。それが七年前、中気に倒れ、体力と一緒に気力も一気に失せられた。その間隙をつくように力を伸ばしてこられたのが因幡様のご一族でな、江戸家老の因幡棟継様は、殿の信任も厚い。当然、因幡様の発言も重きをおかれるようになり、一族の里美様が川越城中で勢力を伸ばされたのだ。ただ今では影の国家老と自称なされておられる」

隠居の六太夫が苦々しくも家中の内情を告げた。

「元々因幡様ご一族は前橋旧領の要職を務められて出世を重ねてこられたのです、叔父御が前橋分領元〆代官を致す前の話です。そんな背景がございまして、新鉄砲屋敷の川越から相模分領移転が内々に決まったのです」

と越中が言い足した。

「此度の新鉄砲屋敷の相模移転はあくまで幕府の海防強化の策に沿ったものというわけですか」

影二郎の問いに越中が頷く。

「越中どの、お聞き申す。徳丸ヶ原で盗まれし、洋制鉄砲エンフィールド銃十挺、何処に運ばれたとお考えか」

「夏目様は叔父御に高島秋帆どの所蔵の洋制鉄砲が城下の新鉄砲屋敷に運び込まれたと申されたそうな」

「越中どの、新鉄砲屋敷にエンフィールド銃十挺が運び込まれたと確かに言い切れる確証はそれがし持ち合わせござらぬ。だが、諸々の動きを勘案するにその可能性が高うござる」

越中神五郎はしばし沈思した。そして、重い口を開いた。

「夏目様、正直申し上げますゆえ、腹一つにおさめて頂けませぬか」

「神五郎、無用な言辞を弄するでない。夏目様を信用申し、探索の事実を話す。それが此度の一件が大目付常磐秀信様、老中首座水野忠邦様に伝わらぬ、いや、松平家になんのお咎めもなく、温情の報告がなされるただ一つの方策だぞ」

「夏目様にお聞き申す。大目付常磐様の御用を務められている最中にございますや」

六太夫の言葉に頷きながらも越中神五郎は川越藩の御目付としての当然の危惧を問うた。

「あいやしばらく、越中どの、それがし、浅草三好町の市兵衛長屋住まいの浪人夏目影二郎にござる。亡き女の遺髪を川越の菩提寺に納めにきた、それだけの者」

「父上から書状を受け取られた事実もないと申されますか」

越中が切り込み、影二郎が苦笑いした。

御目付としては当然の追及だった。そこへ小才次が盆に冷えたお茶と濡らした手拭を持参してきた。

「確かに江戸に急ぎ戻れとの手紙はこの小才次が届けに参った。だが、それがしの身は未だ川越、つまりは父の御用に復命してないことを意味する。それにそれがしにとって一番大事な若菜を拘引《かどわか》されたとあれば、父の命よりも若菜の身柄を奪い返すことがなにより先決にござる」

影二郎が平然と言い切った。

越中神五郎が重い息を吐いた。

「越中神五郎、そなたも御目付の職に昨日今日就いたわけではあるまい、人を見る目を備えておろうが。この言動を見聞致し、夏目どのがいかなる人物か、分からぬではあるまい」

叔父六太夫の言葉に越中が一瞬瞑目し、

「承知しました」

と腹を括った態度で答えた。

「徳丸ヶ原から盗まれたと思われるエンフィールド銃十挺、確かに新鉄砲屋敷に運ばれ、試射も行われておりました。だれとも申せませぬが、新鉄砲屋敷の雇人が密かに見ておりました。またこの試射の折に的場の砂に埋まり込んだ弾丸を回収して、宇平の師、国友佐五右衛門どのに見てもらい、見たこともない弾丸との証言も得ました。さらに親類に暇乞いにいった鍛冶方の一人が迂闊《うかつ》にも凄い洋制鉄砲を造る御用に携わると洩らしておりました」

「国友宇平と一統は徳丸ヶ原で盗まれた銃を複製するために川越を離れたと見ておられるか」

影二郎は念を押した。

「それがし、そう推測してございます」

「越中どの、となれば彼らの行き先ですが相模浦郷分領陣屋と考えてよろしいか」

「われらの探索はすべてそれを裏付けております。御目付としては看過できぬ事態、明朝にも相模分領に出向き、調べる手筈にございます」

「神五郎、そなたが参るか」

「それがし自身が探索に当たります」

叔父と甥の問答を聞き、影二郎が言った。

「越中どの、若菜が姿を消した一件、なんぞご存じのことはなかろうか」

「夏目様、新鉄砲屋敷におられた江戸の方々が若菜様の行方を絶たれた前後から姿を消しております。われら、若菜様の行方を追いましたが、もはや城下にはおられぬかと推測しております。また若菜様をいずこに運ぶために舟運を利用した様子は一切ございませぬ」

「陸路と申されるのだな。いずこへ連れていかれたか、見当も付かぬか」

「申し訳のないことですが未だ探り得ておりませぬ」

越中が頭を下げ、影二郎が答えた。

「越中どの、よう話された。夏目影二郎、叔父御内海六太夫様の信頼を裏切ることだけは致さぬ」

越中神五郎が今一度頭を下げ、六太夫老人が小さな息を吐いた。

二人が仙波屋の座敷から姿を消した。

女将のおかめが張り詰めた顔で、

「若菜様の行方は未だ分かりませぬか」

と聞きにきた。

藩の御目付が訪ねてきてなにか変化が生じたか、聞きにきたのだ。

「残念ながらなんの情報もない」

「若菜様は……」

というと言葉を詰まらせたおかめが、

「夕餉の膳をお運びしてようございますか」

「待たせたようだな、すまぬ」

「お酒はどうなさいますな」

「今宵は止めよう」

おかめが頷くと一旦姿を消した。

「影二郎様、このまま待つだけにございますか」

「小才次、かようなときは巌の如く動かぬことが肝心、今は我慢のときぞ」

「そうは思いますが」

膳が運ばれてきて、二人の男はただ黙々と夕餉を終えた。

膳が運び去られ、時の鐘が五つ（午後八時）を告げた。

若菜が行方を絶ってからまる一昼夜が過ぎたことになる。

影二郎が何気なく一匹だけで庭を飛ぶ蛍を見ていると番頭が呼んだ。

「夏目様を訪ねて参られた方がございます」

「こちらに通してくれ」

「いえ、それが」

番頭が言葉を詰まらせた。

「それがおこもさんなんで」

「どうした」

「うーむ」

と答えた影二郎は法城寺佐常を手に玄関に出た。すると後から追ってきた番頭が、

「門の外に待っておられます」

と外を指した。

影二郎が仙波屋の門を出ると暗がりに菰を被った女乞食が立っていた。

「そなたか、この夏目影二郎を名指しで参ったものは」

「あーい」

しわがれた声が答えた。

「流れ宿の主どのに聞いたか」

「あーい」

「話せ」

「お足を頂けるというのはほんとのことで、旦那さん」

「そなたの話が真実《まこと》なれば払う。浅草弾左衛門様の名にかけてな」

「ほんともほんとのことで」

「そなたの名はなんと申す」

「旦那、名なんぞ聞かれたのはだいぶ昔のことだ、忘れました」

「親から頂いた名を忘れる者があるものか」

「おしもにございますよ」

「おしも、申せ」

「昨日の晩は火事で城下が大騒ぎでした。私はなんぞ拾いものでもないかと、ほれ、あの辻の隅に菰をかぶってへたり込んでいたんです」

おしもが辻の一角を指した。

「大勢の人が右往左往して叫んでいました。そんなとき、仙波屋から様子のいい女の人と寺男が出てきたんです。影二郎様が養寿院に避難せよと申されたのですねという、女が男に尋ねた言葉が耳に入りました」

「相手が答えた言葉を聞いたか」

「あーい。火事場で偶々お会いした夏目様に仙波屋の使いをと頼まれたのだと答えていました」

「それでどうなった」

「通りを養寿院のほうへと消えていきました」

「それだけか」

「そんだけです」

若菜が拘引《かどわか》されたことが追認されただけの話だった。がっかりした影二郎が無意識のうちに財布を引き出そうとした。

「旦那、昨夜は流れ宿に戻らずに城下外れの観音寺の軒下で一夜を過ごしました。今朝方のこってすよ、朝靄《ぐ》をついて駕籠がやってきました。辻駕籠じゃあありません。奥女中が乗る網代駕籠でした、駕籠の前後を三人ずつの陸尺《ろくしやく》が棒を担いでいました。その一人が寺男だったんです、陸尺の格好で従ってました」

「おしも、観音寺はどこにある」

「そりゃあ、旦那、松山やら越生にいく街道の出口にあるだね」

「寺男が陸尺というのは確かか」

「旦那、目だけはまだしっかりしているよ。あいつは昨夜《ゆんべ》の寺男に間違いねえ」

「女乗り物には侍も従っていたか」

「駕籠の前に道中袴の一団がいたねえ、あれは連れだと思うな。なんだか役人臭い連中だったねえ」

「数はどうか」

「十人はいたろうよ」

「今一つ思い出せ。駕籠の前後にだれぞ密かに従っていたものはいないか、一行とは関わりのないものだ」

女乞食のおしもが長いこと考え込んだ。そして、首を横に振り、

「いねえな」

と否定した。

「いなかったか」

「ただあか犬が駕籠の半丁も後から歩いてきたっけ」

影二郎の顔から思わず笑みがこぼれた。

「その犬、どちらに行ったな」

「そりゃ、松山のほうに歩いていったさ」

影二郎はぽーんと刀の柄を叩くと、

「おしも、よう話に来てくれたな」

と礼を言い、二両をおしもの手に握らした。

「旦那、こんな大金貰っていいか」

「よいよい」

と答えた影二郎が、

「これからどうするな」

「どこぞで酒を誂えて、流《ぐ》れ宿に帰るだねえ」

「酒代、おれが出そう。酒代の残りは主どのに渡せ」

影二郎が別に一両を出すと、おしもが菰を揺すって嬉しそうに笑った。

「今晩、流れ宿に泊まった連中に盆と正月が一緒に来たな」

と答えたおしもが、

「旦那はどうするね。あの連中を追うか」

と聞いた。

「そなたが見かけた駕籠におれの連れの女が乗っていたとすれば、行き先は定まった。松山の先には中仙道の熊谷《くまがや》に通じよう」

「確かだ」

「川越藩の分領の前橋（厩橋《まやばし》）は熊谷の先だな」

「あーい、そのとおりだ」

「若菜は前橋に連れて行かれたか」

影二郎は今一度おしもに礼を述べると仙波屋に戻った。

二

玄関先に小才次と番頭が立っていた。

「どうやら若菜の行き先が分かった」

「どちらにございますな」

「川越藩分領」

「やはり相州浦郷陣屋にございましたか」

「いや、前橋陣屋領だ」

「なんと」

「番頭どの、われらはこれから立つ」

「夜旅にございますか」

「一日遅れておるでな」

と答えた影二郎は、

「手紙を内海六太夫どのに残したい」

「筆と硯にございますな」

「帳場を借りよう」

影二郎は部屋には戻らず急ぎ内海六太夫と江戸の父、常磐秀信に宛てた二通の手紙を書き残した。

その間に小才次が荷を纏め、出立の仕度を終えた。

旅籠代を支払い、二人は番頭と蛍の明かりに送られて仙波屋を出た。

若菜奪還の旅が始まった。

それが徳丸ヶ原で起こった洋制鉄砲エンフィールド十挺とカノン砲の設計図盗難事件の解決と関わりがあると信じての道中であった。

川越からおよそ松山まで四里余り、小才次が手にした小田原提灯《おだわらちょうちん》の明かりを頼りに夜道を急いだ。

旅に慣れた二人だ。

夜明け前には松山村を通過した。中仙道の熊谷宿までこれまで歩いた夜道よりも厳しい暑さの脇往還が待ち受けていた。

なにしろ季節は真夏、内陸の熊谷は猛暑の地として知られていた。

「小才次、どこぞで一休みしていこうか」

影二郎は暑さに無理することなく熊谷宿に辿りつきたかった。そこで朝餉をしっかりと食べ、これからの道中に供えようとした。だが、食べさせる飯屋など見当たらなかった。

「道の両側は田圃や畑地ばかり、旅人の姿は見かけません。食べ物屋があるかどうか」

二人が問答を交わして半里ばかり進んだ三叉の辻によしず掛けの茶店が見えた。

「食べ物があるかどうか知りませんが、あれではどうです」

影二郎が朝の気配が強い日差しに蹴散らかされようとする辻に建つ茶店を見たとき、三度笠に草鞋がけ、肩に縞の古びた道中合羽をかけた渡世人が出てきた。

長脇差を落とした夜旅の旅人も一休みしていたと思えた。

「蝮と出会えるとは幸先がよい。われらの勘も間違ってなかったと見える」

「南蛮の旦那、おまえ様の旅籠に知らせを出すかどうか迷ったが、親分がさ、夏目影二郎様は妖怪の手下の細工なんぞに落ちるもんじゃねえと言いなさってな、放っておいたが親分のいうとおりだ」

と笑った。

「女乗物が向かった先は川越分領の前橋陣屋か」

「まずそんな見当だろうぜ」

「徳丸ヶ原で消えた十挺の鉄砲は忠治と奪い合いになったか」

「さあてね」

と顎を撫でた蝮の幸助が、

「南蛮の旦那はまず若菜様と申される女人《にょにん》を取り戻すのが先だねえ」

「蝮に采配を振るわれようとは考えもしなかった」

「旦那、野暮な御用より若菜様の身が大切だ」

「蝮に念を押されなくともどちらが大事かくらい分かっておるわ」

と答えた影二郎が、

「上州を追われた忠治一家は、鉄砲を追ってまた上州に逆戻りか。八州廻りが手ぐすね引いて待ち受けていよう」

「さいころの目が生まれ故郷の上州に転がったんだ。こいつばかりは仕方がねえや」

「精々身を大切にすることだ、蝮」

幸助が真面目な顔で頷き、

「旦那、一つ教えておこう。鉄砲鍛冶の国友宇平は思ったより手強い相手だぜ。師匠を抜く腕前の上にあれこれと才覚が利いてな、すでにいろいろと細工物を造り出してやがる」

「気にしていよう」

「この店の名物は草だんごだ。夜旅をしてきた者には団子の甘さと蓬《よもぎ》の香りがなんとも絶品だぜ」

「ならば蝮ご推奨の草だんごを食していこうか」

「また旅の空でお会いしましょうかえ。御免なすって」

国定忠治一家の残り少ない股肱の臣の一人は、陽光が強さを増した脇往還へと出ていった。

蝮の幸助との出会いが影二郎を勇気付けた。

忠治の一家が前橋に向かうということは、エンフィールド銃が相州浦郷陣屋に運び込まれたのではなく、川越藩の元々の居城の地に向かったことを裏付けていた。

一文字笠で強い日差しを避けた影二郎と菅笠で頭を覆った小才次は汗みどろで中仙道八

番目の熊谷宿に入った。

すでに昼下がりの刻限は大きく過ぎていた。さらに二人の足は炎天の街道を休むことなく中山道を北上した。

熊谷から深谷《ふかや》宿までおよそ三里（十二キロ）、再び夕暮れを迎えた。

二人はこの宿場の一膳飯屋でこの日初めて米の飯を食べて腹ごしらえをした。

「ちと強行軍になったが先に進むぞ」

「畏まりました」

影二郎と小才次の脳裡には若菜のことが重く圧し掛かっていた。

二人は深谷外れから中仙道に別れを告げて、伊勢崎《いせざき》への脇往還を選んだ。

もはや小才次の提灯の蠟燭が切れて、暗闇での旅だ。だが、二人の足が緩やかになることはなかった。

二人が足を止めさせられたのは関東の大河利根川が広瀬川と合流する河原だ。

五年前、天保七年の夏に生まれたばかりの三匹の犬の子と出会ったのが、この河原であった。二匹の兄弟はすでに死んでいたが、影二郎に拾われた仔犬があかとなり、若菜を助ける旅を独り続けていた。

武州と野州の境を流れる河原ではとっくに渡し船は終わっていた。

四つ半（午後十一時）は過ぎていたかもしれない。

「影二郎様、どうなさいますな」

「朝まで渡し舟を待つしか手はあるまい。小才次、河原に明かりが見えぬか探せ」

二人は土手から暗い河原を眺め渡すと少し上流にいったところに小さな明かりが洩れているのが見えた。

「ここまで来れば前橋はもはや指呼《しこ》の間《かん》だ。今晩はあの流れ宿《ぐ》に厄介になろうか」

二人は河原を流れ宿の明かりに向かって歩いていった。すると前方の明かりを囲んで蠢《うごめ》く影があった。

二人は足を止めて、明かりを囲む影を見ていた。

風に乗って密やかな声が流れてきた。

「よいな、国定忠治の一味が利根川を押し渡って上州に戻るという情報が伝わっておる。流れ宿には、忠治らしき四人組が泊まっているのはたしかだ。八州廻りの杉浦丈四郎《すぎうらじようしろう》が出馬した以上、取り逃がすこっちゃあねえ。かまうこっちゃあねえ、抵抗する奴は叩き殺しても流れ者は始末せえ。だが、忠治だけは生きて捕えよ」

「はっ」

二十数人の捕り方の手配を終えた関東取締出役の杉浦がすっくと闇の河原に立ち上がっ

た。

影二郎は一文字笠を脱ぎ、懐から手拭を出すと頰被りをした。

「小才次、そなたの杖を貸せ」

小才次は杖代わりに四尺三寸ほどの樫の棒を携帯していた。護身用の武器にもなる代物だ。

「へえっ」

影二郎は肩にかけた南蛮外衣と一文字笠を小才次に渡し、杖を受け取った。

「ちょいと汗をかくことになったわ」

影二郎はその言葉を言い残すと流れ宿へさらに包囲の輪を縮めようとした関東取締出役一統の背後に迫った。

「八州廻りの取り締まりである！　忠治、神妙に出ませえ！」

影二郎は流れ宿に警告の叫び声を聞かせると、

「ばか者、だれがそのような名乗りを上げよと命じたか」

と憤怒の声を荒らげて、配下を見回す杉浦丈四郎にするすると迫った。

流れ宿に変化が起こっていた。眠り込んでいた泊り客ががばっと目を覚ました気配だ。

杉浦が背後を振り見た。

そこには着流しに頬被りをした男が棒を振り上げて迫っていた。

同時に流れ宿の明かりが消され、一瞬静まり返った。

杉浦が長十手を構えて配下に下知したのはそのときだ。

「忠治は別働隊を伏せていたようだぞ、こやつをまず捕らえよ！」

流れ宿に向かっていた捕り方が影二郎に包囲の輪を変えた。

六尺棒、刺叉、突棒が影二郎へと突き出された。

影二郎は突き出される得物を引き付けて、次々に先端から一尺余りのところを叩いていった。すると両手でしっかりと保持されていたはずの得物が次から次と虚空に飛ばされ、河原に転がって音を立てた。

鏡新明智流の鬼と呼ばれた達人の影二郎だ、捕り方風情の攻撃などものともしなかった。

なにより機先を制しているのは影二郎だ、それだけでも余裕を持って相手の攻撃を躱《かわ》し、反撃していった。

「こやつ、やりおるぞ。棒で足を払え、脛を殴りつけよ！」

杉浦丈四郎が的確な指示を出した。

包囲陣が陣形と攻撃の仕方を変えようとした。

だが、そのときには影二郎の五体は俊敏にも突棒や刺叉を振り回そうと構えを変えた包囲陣の背後に回り込み、反対に捕り方の肩や脇腹を殴り付けて河原に転がしていた。

闇の河原に上州名物の空っ風のような突風が拭き抜け、捕り方の半数以上が一瞬の裡に戦列を離れることになった。

「杉浦丈四郎、八州廻りなんぞに捕まる忠治じゃあねえや。この次はしっかりと腹を据えて掛かってきやがれ！」

流れから忠治の野太い声が聞こえ、
ずどーん！

と夜空を響かせて短筒の音が響いた。

(どうやら逃げ果《おお》せたか)

忠治一家は河原に舟を隠していたようだ。

星明りに下流に向かって流れていく小舟を認めた。

「旅の方、この礼はどこぞでさせてもらうぜ」

忠治の声が瀬音の間から響いてきた。

影二郎はその声に聞き入る杉浦丈四郎の隙をついて、闇に紛れると戦いの場を離れた。

影二郎が一町ほど流れに逆らって河原を上ると、

「影二郎様」

と小才次が姿を見せた。

「忠治一家は逃げ果せたようだな」

「蝮の幸助さんと会いましてございます」

「なんぞ申していたか」

「うっかりと寝込んで八州廻りの接近に気付かなかった。影二郎様の叫び声がなければ、えらいことになっていたと申されておりましたよ」

「このところ忠治たちは夜もおちおち寝れぬほどに、八州廻りに厳しく追われておる。心身ともに疲れ切っておるようだがいつまで逃げ果せるか」

影二郎は上州の渡世人一家に同情した。だが、影二郎は読みきっていた。

どれほど忠治が威勢を張ろうと幕府が総がかりで捕縛に走れば、早晩《そうばん》忠治の首が獄門台に晒される日が来ることを。

だが、影二郎の目の前で忠治の縄目を見たくないと思った。

これまで日光《にっこう》、豆州、水府《すいふ》、飛驒高山《ひだたかやま》、恐山《おやま》と処々方々で出会ってきた。不思議な因縁に結ばれ、助けたり助けられたりしてきた。

一代の英傑が幕府の手に落ちるならばそれだけの晴れ舞台が要ると思っただけだ。

それが影二郎を動かしたのだ。

「流れ宿で休めると思うたが致《ぐ》し方ないわ」

二人は五町ほど上流にいったところで利根川に流れ込む清水を見つけた。

「小才次、せめて汗など流していこうか」

河原に衣服を脱ぎ捨て、褌一つになった影二郎は旅の汗を清水の流れで洗い流した。すると肌に涼風が気持ちよく感じられた。

東空が幾分白んできた。夜明けは近いようだ。

「ちょいとお待ち下さいな」

体を流れに浸して旅塵を落とした小才次が単衣《ひとえ》に袖を通して、夜明け前の河原に姿を消した。

影二郎は一文字笠の竹の節の間に差し込んだ珊瑚玉が飾りの唐かんざしを引き抜いた。

萌の形見の唐かんざしは両刃になっていた。

影二郎は無精鬚を両刃で剃っていった。

流れの水に顎を濡らして刃を使った。

このところ伸び切った鬚がさっぱりと剃られた。

影二郎が身嗜《みだしな》みを整え終えた頃には、朝靄に包まれた利根の流れがうすぼんやりと眺められるようになっていた。

朝靄をついて一隻の百姓舟が影二郎のいる河原に着けられた。

船頭は小才次だ。

「どうしたな」

「持ち主になにがしか渡してお目こぼしにしてもらいました」

渡し舟が出る前の川渡しは禁じられていた。むろん許しのない百姓舟に人を乗せることはご法度《はっと》だ。だが、だれかが目を盗んで渡ったとあれば、致し方はない。

「向こう岸で舟をどうする」

「返す相手も舟小屋も聞いて参りました。人目につかぬ内に川を渡りましょうか」

影二郎は百姓舟に飛び乗った。

小才次が岸に竿を差して流れに戻した。

朝靄に紛れて舟が走り始めた。

（あかめ、故郷の川をどうやって渡ったか）

そのことを影二郎は気にしていた。

小才次は竿を巧みに操り、上州の河原に着けた。

舳先を河原に乗り上げた小才次が下流を見回していたが、

「あの赤い旗が立つ小屋が舟を返す印にございます」

と半町ほど下流の枯れ葦の原を指した。

二人は手早く百姓舟を河原に押し上げ、流されぬようにした。

「私めが知らせて参ります」

小才次が河原を走っていき、影二郎は土手に向かった。

二人が再び落ち合った利根川の土手は伊勢崎の外れにあった。

「前橋宿までせいぜい二里半、昼前には辿り着こうぞ」

二人は勇躍まず伊勢崎を目指した。

予測どおりに昼前には前橋宿外れにきた。だが、その先に異変が持ち構えているようで
渡世人たちが道を引き返してきた。

「どうなさいましたな」

小才次が険しい顔の渡世人に聞いた。

「前橋領境で厳しい取締まりだ。なんでも忠治親分一統が上州に戻りなされたとか、分領に入る旅人を一人残らず詮議するって話だ。おれは前橋を抜けるのを諦めたぜ」

用心深い渡世人は足早に利根川の方へと戻っていった。

影二郎らは前橋境に半里のところで足止めされたことになる。

二人は地蔵堂の階段に腰を下ろした。

前橋藩は上野国厩橋《まやばし》を藩庁として勢多《せた》、群馬《ぐんま》、碓井《うすい》郡などを城付領にした譜代中藩だ。

それが川越藩の分領になった経緯は、前橋に姫路《ひめじ》の松平（越前）朝矩が酒井氏に代わって転封になってきたことに始まる。

松平氏は結城秀康《ゆうきひでやす》系の家門だが、前橋転封後に利根川が度々氾濫して、城下と城を破壊した。

そこで入封後、わずか十九年で幕府に願い、武蔵国川越に城を移すことになった。

前橋領の七万石はそのまま川越藩の分地となり、陣屋支配という飛び地になった。それに伴い、明和五年には前橋城は取り壊され、三の丸跡に陣屋が設置された。

前橋は交通の要衝で、北には沼田《ぬまた》に向かう沼田道が、東には足尾《あしお》銅山を抜ける日光裏道が、その真下にほぼ平行して日光例幣使道《れいへいしどう》が、前橋陣屋の東には三国道が、そして、城下から真南に下ると中仙道に通じていた。

さらに利根川を中心にして烏川、神流川、片品川などが領地内を流れていた。

前橋の東北には赤城山が聳えていた。

前橋陣屋を中心にした川越藩分地は国定忠治の縄張りとぴたり一致していた。

同時に川越藩支配の飛び地と代官支配の幕府直轄領が複雑に絡み合った土地でもあった。

こんな前橋は元々米の産地であったが、利根川の氾濫と天明元年の浅間山の噴火に伴う荒地の拡大で近年急速に田畑の疲弊が進んでいた。それでも伊勢崎、前橋は絹織物の生産地として、豪商や渡世人を生み出す土壌にもなっていた。

その前橋分地の境に臨時の関所が設けられ、厳しい取締りが行われているという。

「影二郎様、どうしたもので」

「およそ普段と変わったことを致すときは、なんぞよからぬことを企てているときよ。われらはどこぞで日中は骨休めをして、夜に紛れて前橋分領に入り込もうぞ」

「ならば休める家か寺を探して参ります」

小才次が地蔵堂から街道へと走り出ていった。

三

夜半、星明りの下、利根川を一隻の舟が矢のように下っていた。

月は厚い雲に隠されて見えなかった。

頬被りした船頭が櫓を握り、舳先には小才次が竿を手に仁王立ちになっていた。

舟の中央に影二郎が南蛮外衣に身を包んで水飛沫を避け、どっかと座っていた。

影二郎と小才次は前橋外れの百姓家に頼み込んで酒飯を用意してもらい、飲食した。その後、川越から強行軍で歩いてきた疲れを癒すために仮眠をとった。

日が落ちた後、酒食代に一分を納めた二人は、その百姓家を発った。

前橋を大きく迂回して利根川の上流へと上がった。

総社の河原で流《ぐ》れ宿を見つけた。そこの主に一文字笠を示し、深夜舟を出してくれる船頭を知らぬかと聞くと無口な川漁師を紹介してくれたのだ。

夜半九つ、二人を乗せた漁師舟は総社の河原を出ると早い流れに乗って一気に前橋城の天守が聳えていた段丘へと接近していった。

流れの中央に中州があるところで川幅は狭くなり、さらに流れが激しくなった。

川漁師が艪を竿に変え、城下の河原へと接近させた。

舳先の小才次が竿を船底に置き、間合いを見計らっていた。

船頭が巧みに河原に寄せ、一瞬舟足を減じさせた。

小才次が河原に飛び、影二郎が南蛮外衣を翻して続いた。

二人が河原に転がり、立ち上がったときには漁師舟は流れに戻ると中州へと舳先を向け直していた。

「足など痛めておらぬか」

影二郎が単衣の裾を叩いて汚れを落とす小才次に聞くと、

「大丈夫でございますよ」

という答えが返ってきた。

前橋城は明和《めいわ》五年（一七六八）に松平氏の川越移封に伴い、壊された。

土塁の上に石垣だけが河原から聳えて見えた。元々前橋城は利根川を自然の堀に見立てて河岸段丘の上に築かれたものだ。

破壊された三の丸跡に陣屋が設けられ、分領を支配していた。

利根川に面した西側に本丸があったと推測される石組が見えた。

一旦破壊された前橋城は、後年の文久《ぶんきゅう》三年（一八六三）に再建が許され、慶応三年に完成を見た。

築城資金は経済力を増していた生糸商人たちの献金によるものであったが、完成からわずか四年で廃藩置県《はいはんちけん》により、廃城が決まる運命を辿る。

だが、影二郎たちが見上げる石垣の上には本丸も二の丸もない時代であった。

「参ろうか」

二人は星明りがぼんやりと照らす河原を石垣の北側へと回り込んでいった。

石垣が大雨で崩落しているところがあった。

「小才次、登れそうか」

影二郎の問いにするすると小才次が崩落した箇所をよじ登り、中ほどまで辿りつき、影二郎に向かって手を振った。

影二郎も転がる切石の間を這い登った。

河原を振り向くと、折りしも雲間を割って現れたおぼろ月に利根の流れが照らされて光って見えた。

二人は夏草の茂る本丸跡に登りついた。

ふうっ
と息を衝いた影二郎は火縄の燃える匂いを嗅いだと思った。

その瞬間、いろいろなことが一瞬の裡に起こった。

前方の石垣の上の虚空に黒い獣が飛び違い、鉄砲を構えて引金を引こうとした男に体当たりしていった。

わあっ
片膝を着いての射撃姿勢にあった狙撃手が石垣から転がり落ちた。

銃声がいくつも響いた。

強盗《がんどう》提灯の明かりが石垣の上から影二郎と小才次の立ち竦む本丸跡に照射された。

二人は銃弾と明かりを逃れて地面に伏せ、転がっていた巨石の背後に逃げ込んだ。

鉄砲隊の潜む石垣上を振り仰ぐと、獣はさらにその辺りを縦横に飛び跳ね、吼え、嚙み付いて銃撃隊を混乱に陥れていた。そうしておいて、

さあっ

と闇に身を没しさせた。

その間に二人は転がる巨岩を伝い、鉄砲隊のいる石垣下の闇に紛れ込んだ。

「あかめ、やってくれるわ」

影二郎が呟いた。

「あかはやはり川越から前橋まで辿り着いていたのですね」

「利根の流れはあやつの故郷だ、獣の本能が導いてきたのであろうな」

侵入者の狙撃に失敗した石垣上の警護隊からは銃を手にした陣笠の侍やら徒士《かち》らが斜面を下ってきた。

影二郎たちが最初に逃げ込んだ巨岩の周りを強盗提灯の明かりが照らし付けていた。

影二郎は水飛沫を避けるために羽織っていた南蛮外衣の片襟に手をかけて待った。

「散開して岩を囲め」

下知の声がして数人が斜面を下り降りてきた。

その前に影が立った。

「うっ」

と陣笠の侍が息を飲んだ瞬間、影二郎の片襟にかけた手に力が加えられた。

虚空に黒羅紗と猩々緋の大輪の花が咲き、裾の両端に縫い込められた銀玉二十匁が驚きに立ち竦んだ前橋藩の家臣たちの肩を、額を、腰を打ち、闇の地面に転がした。

「おのれ！　不審な者よ」

と言った陣笠が刀を抜いた。

影二郎の手首に捻りが加えられ、大輪の花が咲き落ちて、一条の滝の流れに変容して、裾の両端が刀を振り上げた陣笠の侍の額と顎を打ち、小才次のかたわらに横転させた。

南蛮外衣の旋風が止んだとき、だれも立っている者はいなかった。

「小才次、行こうぞ」

影二郎と小才次は本丸跡から石段を伝って東に走った。

三の丸の陣屋か、明かりが赤々と焚かれ始め、警護隊が増強される気配が窺えた。

二人はいつの間にか、小さな社に入り込んでいた。

家康を祭神にした東照宮《とうしょうぐう》のようだ。

影二郎と小才次は息を整えるために足を止めた。するとその背後から黒い影が走り寄って、影二郎に飛びついてきた。

「あかか、助かったぞ」

影二郎は鉄砲の奇襲を救ってくれたあかを両腕に抱くと愛撫してやった。

荒く弾んだ息のあかが段々と甘えた声を出した。

川越からの旅にあかは一回り痩せていた。だが、そのせいで野性を取り戻したように精悍な雰囲気を漂わしていた。

「あか、若菜の行方を突き止めたか」

影二郎の問いにあかは困惑の表情を見せた。どうやら見失ったようだ。

「あか、おまえが前橋まで女乗物を追ってきたのだ、前橋のどこぞに若菜が幽閉されておろう。なあに早晩おれたちで見つけ出し、若菜を取り戻すぞ」

うおうおう

とあかが呼応するように鳴いた。そして、手洗い場に走り、喉を鳴らして水を飲み始めた。

「影二郎様、これを」

小才次が手にしていた物を差し出した。

「洋制短筒か」

影二郎が見たこともない短筒だった。

「先ほど影二郎様が南蛮外衣で気を失わせた陣笠侍の懐からこぼれ落ちたものにございま

た。
東照宮の拝殿の蔭から一人の渡世人が姿を見せた。手に三度笠と道中合羽を手にしてい
すよ」
と小才次が付け加えたとき、背後でふいに人の気配がした。

蝮の幸助だ。

「旦那、先夜は助かったぜ」

と利根川の流れ宿で八州廻りの急襲を影二郎の機転で助けられた礼を述べた。

「蝮、故郷の上州に帰ったというに屋根の下にも寝られないか」

「前橋陣屋の取締まりが厳しくてねえ」

と顎を片手で撫でた幸助が小才次の手の短筒を見て、

「南蛮の旦那、異国に瑞西《スイッツランド》とかいう小さな国があるそうだ。そこの鉄砲職人ポウリー
が十何年も前に造り上げた元込め式の連発短筒さ、もっとも複製だがねえ」

「これを国友宇平が造ったというか」

「そういうことだ」

「川越の鉄砲鍛冶が異国の短筒をようも手に入れられたな」

「親分は妖怪の鳥居が絡んでいると見ているがねえ」

「ということは妖怪鳥居と国友宇平の付き合いは昨日今日の話じゃないな」

「妖怪は川越藩の因幡里美ともう十年以上もの知り合いだぜ」

「どうりで手順がいい」

「前橋分領でエンフィールド銃とポウリー短筒を造り上げる気か」

「まずそんなところだろうよ。となると……」

「となるとどうした、蝮」

「目の上の瘤がおまえさん、夏目影二郎だ。必死でおまえさんを消しにかかるぜ」

「こっちは若菜を捕られてにっちもさっちも身動きつかない。蝮、これまでの誼《よしみ》もある、忠治一家の縄張りでもある、一肌脱いでくれまいか」

「若菜様の行方を捜せと言いなさるか」

「そういうことだ」

「おまえ様には借りもある」

　と答えた幸助が、

「旦那、気をつけな。この前橋分領には江戸から妖怪の子飼いの剣客たちが大勢入り込んできているぜ。妙安寺という寺に巣くってやがる」

「妙安寺とな」

「この宮の後ろに道が走ってらあ、東に向かい渋川《しぶかわ》に向かう道に辻で北におれれば、すぐに右手に山門が見えるぜ」

「相分かった」

道中合羽を肩にかけた蝮の幸助が三度笠を手に夜の闇に溶け込んだ。

「影二郎様、どうします」

手にした複製の洋制短筒を手拭に包んで背の網袋に仕舞い込みながら、小才次が聞いた。

「妖怪鳥居の子飼いの剣客が塒《ねぐら》にするという妙安寺でも覗いてみるか」

東照宮の境内を裏手に抜けると幸助がいうように街道が前橋の町を東西に貫いて走っていた。

八つの刻限、前橋の町は深い眠りに就いていた。

ものの五、六町も歩いたか、大きな辻に出た。

「影二郎様、あの山門のようにございますな」

小才次が常夜灯に浮かぶ妙安寺の山門を差したとき、

「そうれ」

という声とともに山門の石段上から通りに人と物が次々に投げ出された。そして、竹棒や木刀を握った男たちが石段の上に立ち、

「佐々木角造《ささきかくぞう》、東軍流の腕が立つというで雇ったが、盗み癖はある上に剣の腕は並以下じゃあ。気合声で騙そうとしても騙せぬぞ。命があるうちに早々に立ち去れ！」

という怒声が響き、山門の中に消えた。

佐々木角造はだいぶ折檻《せっかん》を受けていたらしく、山門の石段下に低い呻き声を上げながらごろごろと芋虫のように転がって痛みに耐えていた。

「糞め、なんという仕打ちを」

罵り声を洩らした佐々木がのろのろと起き上がると投げ捨てられた大小と道中嚢を拾い、腰に差すでもなく手に提げてふらふらと渋川方面に向かって歩き出した。

単衣も袴もずたずたに破れているのが見えた。足元は裸足で、右に左に大きくよろめいて歩いていく。

影二郎らは佐々木の後を追った。

前橋の北外れを広瀬川が流れていた。

佐々木は川に架かる厩橋の下の河原に転がるように下りると流れのそばにへたり込んで大小を投げ出し、流れで痛めつけられた傷口を洗い始めた。

「痛い、これは痛いぞ。死んだほうがなんぼかましじゃ」

「糞っ、人がおとなしくしておれば大勢をよいことに好き放題に折檻しおったわ。次の機会にはこちらが存分に痛めつけてやる」

「佐々木角造に盗癖があるとな、馬鹿を申せ。庫裏の小銭をちょいと借りただけだ。それをおれの持ち金まで奪いおった。苦心惨憺して貯めた六両もの大金をくすねおった。どうしてくれよう」

佐々木角造は痛みと屈辱を紛らすためか、独り言を言い続けている。

影二郎がその背後に忍び寄った。

「だいぶやられたようだな」

佐々木が愕然と後ろを振り向き、河原に投げ出した大小を摑もうとした。

「待て、それがしはそなたの敵ではない。反対に事と次第によっては謝礼を差し上げようという変わり者だ」

「謝礼とはなにか」

「そなたら、江戸から参ったのだな」

「さよう」

「だれに雇われた」

佐々木角造はさすがに即答しなかった。

「そなたはだれか」

「夏目影二郎、という名を聞いたことはないか」

「アサリ河岸の鏡新明智流桃井道場で鬼と呼ばれた夏目か」

「そのような時代もあった」

「われらはそなたを始末するために江戸から急行したのだ」

「その話を買おう」

「話を買うとな。それがし、ただ今、見ての通り困窮して一文なしだ。話を売ってもよいが安くは売らぬ」

「話を聞きもせぬうちから値が付けられるか」

「それもそうじゃな。ならばなんぞ問え、それがしが答えられれば値を付けてくれ」

「江戸でそなたらを選抜して雇ったものはだれか」

「夏目氏《うじ》、驚くなよ。南町奉行鳥居耀蔵筆頭内与力淀村恒有どのだ。おれはこの背後に妖怪鳥居が控えていると見たがねえ」

内与力とは南北二十五騎ずつ配属される一代限りの与力とは異なり、旗本から抜擢される町奉行に同行してくる与力のことで、奉行が辞めれば内与力も職を辞して主に従うのだ。ゆえに内与力は奉行の家老、秘書的な役割を果たした。

「洗いざらい話せ。そなたの当座の路銀に二両払おう」

「これだけの怪我をしたのだ、一両の膏薬代を付けてくれ」

「よかろう」

と答えた影二郎は、

「妙安寺に若菜と申す女が幽閉されてはおるまいな」

「女性《にょしょう》だと、おらぬおらぬ。汗臭い男ばかりだ」

「そなたの頭目はだれか、配下の人数は何人か」

「雲弘《うんこう》流の遣い手、氏家慧雲《うじえけいうん》と申す巨漢が頭目でな、こやつは乱暴者の上に腕も立つ。三貫目はあろうかという赤樫の木刀を振り回して相手の剣だろうと薙刀だろうとへし折る大力の持ち主だ、あれは人ではないぞ、あやつは化け物だ。夏目氏、こやつだけはだれも太刀打ちできぬ、よいな、出合ったら逃げられよ」

「そう致そうか。配下の人数は何人か」

「それがしが抜けたで、十と三人だな。氏家の他にも三、四人、修羅場を潜った剣客が混じっておる、それに随身門の権三とか申すやくざ者らが二人だ」

「前橋分領でそなたらに指示を出す人物はだれか」

「なんでも経徳某とか申す江戸者と聞いたことがある」

「他に承知のことはないか」

「近々三の丸陣屋に近くの屋敷に引き移るそうな」

と答えた佐々木角造は手を差し出し、

「それがしが承知なのはそんなところだ、話代三両を頂戴致そうか」

「ちと高い話代となったな」

影二郎は三両を佐々木に渡した。すると機敏にも引っ手繰った佐々木は、河原に投げ出した大小と道中嚢を摑み、

「世の中悪いことばかりではないな。捨てる神あらば拾う神もある」

と呟きながら行きかけ、

「あっ、そうそう、氏家どのが前橋に参ってな、経徳どのや川越の家臣方と会合を持たれる茶屋がある。大手のしぐれ茶屋だ」

と言い残して、河原から厩橋へと上がっていった。

「幾分、絵図が見えてきた」

「影二郎様、まだ薄暗うございます」

「広瀬川のどこぞに流れ宿を探そうか」

影二郎はあかに、

「上流《かみ》か下流《しも》か」

と問いかけた。するとあかは黙って下流を目指した。

十町も下ったか、広瀬川が蛇行するところに目当ての流れ宿を探し当てた。

「われらが宿じゃぞ」

二人と一匹は流れ宿を目指した。

四

影二郎らは昼下がりの刻限まで百助《ひゃくすけ》爺が宿主の流れ宿で仮眠をとった。

汗みどろで目を覚ました影二郎が流れ宿を出てみると、小才次とあかは広瀬川の流れで水浴していた。

影二郎も衣服を脱ぎ捨て下帯一つで流れに身を浸けた。

「なんとも気持ちがよいな」

上州前橋分領地には今日も厳しい光が落ちていた。じっとりとして生き物に疲れをじんわりと覚えさせるあぶら照りだ。

流れの淵は炊事から洗濯、水浴とできるような水場になっていた。

影二郎は汗を流れで洗い流しながら、

（若菜はどこでこの暑さに耐えておるか）

と考えに落ちた。

「影二郎様、三の丸にある陣屋を二の丸跡から覗いてきました」

小才次は眠っている間にあかと日中の前橋を探索してきたといった。

「陣屋の一角に鉄砲屋敷と思える建物が立てられ、菰包みの道具や粗鉄、鋼、炭などが運び込まれているのが見られました。それに陣屋を囲む曲輪に鉄砲の試し撃ちの土塁が築かれて見えます。矢場よりもだいぶ長さが長うございます」

「国友宇平の新たな鉄砲屋敷と見てよいな」

「はい」

「あかの反応はいかに」

「それでございますよ」

「若菜様が陣屋に幽閉されているなれば、あかの様子が少しばかり違うと思えるのですがその気配は見られません」

「前橋に連れて来られたことはあかが利根川を渡ったことでも推測がつく。問題はその先じゃな」

影二郎の目は流《ぐ》れ宿を見ていた。

門付けを終えた鳥追いが流れ宿の前に立ち止まり、菅笠《すげがさ》を脱ぐと流れを見た。そして、小脇に抱えた三味線姿で流れ宿に入ったが直ぐに姿を見せた。小脇の三味線も菅笠もすでにない。

女はすたすたと影二郎らが水浴をする岸までやってきた。

「上州は暑い暑いと聞いていたが、なんて土地だい。じっとりした熱風が肌にまとわりつくようで気色悪いよ」

「姉さんは江戸からかい」

小才次が聞くと、女は岸辺の石に腰を下ろした。

「仰せのとおり、野州くんだりに都落ちさ。噂に聞く国定忠治親分の縄張りうちというからさ、もちっと小粋なところかと思ったら、ど田舎だねえ」

草履も足袋も脱ぎ捨て、惜しげもなく白い足首を晒して流れに浸けた。

「ああっ、生き返ったよ」

そういう鳥追いは二十五、六歳か。

眉間に険があるがなかなかの美形だ。それに抜けるほどどうなじも顔も白かった。

「この暑さじゃあ、稼ぎにはなるまい」

「どこぞ涼しげな湯治場にでも流れていこうかねえ」

と女は呟くと、

「旦那、鳥追いおせんさ、よろしくね」

と影二郎に話しかけた。

「そなた、浅草弾左衛門どのの支配下のものか」

「わたしゃ、だれともつるまないはぐれ鳥さ。旦那は江戸の人だねえ」

「浅草三好町の裏店住まいの夏目影二郎だ」

「おれは夏目の旦那の小間使いの小才次だ。犬のあかともどもよろしくな」

小才次も名乗った。

「浪人さんが小間使いに犬まで連れての道中かい、だいぶ風変わりな旅だよ」

百助爺が徳利と茶碗を抱えてきた。

「姉さん、濁り酒だぜ」

おせんは酒を注文したらしい。

「ありがとうよ」

片手を器用に袖に入れたおせんは二朱を出すと百助に渡した。

「前橋分領に入るところでえらいお調べだ、体の隅まで小役人に撫で回されてさ、憂さ憂さしているんだ。夏目様、験《げん》直しの酒に付き合っちゃあくれませんか」

とおせんが影二郎と小才次に茶碗を差し出した。

影二郎は流れから身を上げると濡れた肩に単衣を羽織った。

「馳走《ちそう》になろう」

茶碗に濁り酒が注がれ、水辺の柿の木の下で酒盛りが始まった。

おせんは息もつかずに、
くいっ
と飲み干した。

「ああっ、うまいねえ」

酒好きか、なんとも見事な飲みっぷりだ。

影二郎らが見ていることに気付き、おせんが嫣然《えんぜん》と笑った。

「これでお店をしくじってねえ、門付けに落ちたのさ。だけどさ、酒だけは嘘をつかないもの、飲めば酔うし、正直になれるよ」

影二郎は残った濁り酒を飲んだ。

「おせんの申すとおり、酒は正直だ。いくら隠し果せたと思うても本性を垣間見せてくれるからな」

「旦那にも本性がおありかえ」

「さてな」

広瀬川の河原に夕暮れが舞い降りて、流れを茜《あかね》色に染めた。

おせんが二杯目を注ごうとするのを制した影二郎は、

「われらはこれからが仕事でな」

と断った。

「旦那、日が落ちて仕事とはまるで盗人稼業でもするようじゃないか」

「まあ、そんなところだ」

影二郎と小才次は乾いた体に単衣をまとい、帯を締めた。

「おせん、縁あらば酒を馳走させてくれ」

「旦那方は当分前橋に逗留かえ」

「この暑さが気にいったでな」

流れ宿に戻った影二郎らは外出の仕度をした。

「百助爺、しばらく世話になる」

「夏目様、お好きな刻限に戻ってさ、空いているところに眠りなせえよ」

浅草弾左衛門の通行手形と前払いの金子が利いたか、百助は影二郎らの我儘《わがまま》な逗留を許してくれた。

二人が外に出るとおせんはまだ流れに足を浸して、何事かあかに話しかけていた。

「あか、参るぞ」

影二郎の声にあかが河原を走ってきて、おせんが手を振った。

濁った茜色に染められた流れを背景におせんの様子のいい姿が浮かび上がり、蜻蛉が飛んで一幅の絵を見るようだ。

「また明日」

おせんが挨拶し、影二郎が頷くと河原から土手へと上がった。町屋に入ったところで小才次が、

「影二郎様、おせんを見張ります」

「門付けに歩く鳥追い女のうなじがあのように白いものか、ただの女狐ではあるまい」

「承知しました」

小才次が再び夕暮れの河原へと忍び戻っていった。

影二郎は前橋陣屋のある三の丸に足を向けた。

日の落ちた町の辻や通りには打ち水が撒《ま》かれ、夕涼みの人が出ていた。

高札場の立つ番屋の前に人だかりがしていた。

一文字笠を被って着流しの影二郎は人込みの頭越しに番屋を覗き見た。

明かりの下に浪人風の男が横たえられていた。紫色に腫れ上がった顔にも体にも血に塗れ、無数の傷跡が残っていた。

「妙安寺の裏手の塀のそとに投げ出されていたそうな」

「強盗に遭ったか」

「浪人者だぜ、金目のものなど持つものか」

「妙安寺には江戸から来た浪人者がいたがね」

「そやつらの仲間ではないとよ」

野次馬たちがひそひそと噂をしていた。

影二郎は胸の中で佐々木角造の亡骸に合掌した。

奪い取られた持ち金六両を奪い返しにいって見つかり、死に至る折檻を受けて、寺の外に投げ出されたなと推量した。

そして、影二郎が与えた三両が諦めかけていた所持金への執着を取り戻させたのではないかと思った。

(致し方ないわ、成仏してくれ)

そう言いかけた影二郎はさらに旧前橋城の石垣の中へと身を進めた。

影二郎とあかは三の丸の陣屋を見通せるという二の丸の石垣へと登った。

芒が生い茂った荒城の石垣上から陣屋の明かりが目に入った。すでに鉄砲屋敷は稼動しているようで職人らが影絵のように見えた。

障子に鞴《ふいご》の明かりが強く弱く映っていた。

石垣の上に橙色の月が昇った。

影二郎とあかはただ黙然と陣屋と鉄砲屋敷に明かりを見ていた。

あかがふいに立ち上がった。

背中の毛が突っ立っていた。

影二郎が振り向くと大きな影が一つ、まるで鬼が金棒でも持って辺りを睥睨《へいげい》しているように立っていた。

佐々木角造が、

「……あやつは化け物だ。夏目氏、こやつだけはだれも太刀打ちできぬ。よいな、出合ったら、逃げられよ」

と言っていた雲弘流の巨漢剣客氏家慧雲であろう。

手にしている得物は重さが三貫目はあろうかという赤樫の木刀のようだ。

「慧雲先生、こいつが夏目影二郎だぜ、こいつの口を塞ぐことがなによりのこってすよ」

そう言いかけたのは随身門の権三だ。

その片手は懐に突っ込まれていた。

「風流にも廃城で月見か」

影二郎の問いに答えようとはせず巨漢の慧雲が間合いを詰めてきた。

ふいに間合い五間で足を止めた。

角張った体の上に角張った大顔が乗っていた。それを支える猪首は並みの男の胴の太さはありそうだ。

月明かりに太い黒々とした眉の下の大きな眼が影二郎を睨んでいた。

年は四十歳前後か。

影二郎は雲弘流を思い出した。

雲弘流は仙台藩士氏家五郎右衛門の庶子で氏家八十郎こと井鳥巨雲為信《いどりきょうんためのぶ》によって創始された剣術、短剣術、棒術だ。

巨雲、三十歳のとき伊達家を辞して、江戸で道場を開き、雲弘流を広めた。

慧雲が氏家を名乗るところを見ると巨雲の縁者か。

慧雲が左に保持していた木刀を右手にゆっくりと持ち替えた。

影二郎は一文字笠を脱ぐと手にした。

さらに慧雲が間合いを詰めようとしたとき、あかが右手の芒の茂みに飛び込んだ。

同時に影二郎の手が一文字笠の竹の骨の間に差し込まれていた珊瑚玉の唐かんざしを抜き、慧雲の右手後方の芒へと投げ打った。
げえっ
虚空を飛んだ唐かんざしが芒の茂みに吸いこまれて消え、直後に、
という叫び、あかの唸り声が響いて、芒の茂みがざわついた。
唐かんざしの消えた芒を分けてよろよろと姿を見せたものがいた。その手には鉄砲が握られていた。
男の喉下に唐かんざしが突き立っていた。
よろめき歩いた男が鉄砲を抱えて倒れると、引金に力が入ったか、
ずどーん
という銃声が荒城に響き渡った。
氏家慧雲が猛然と突進してきた。
三貫目はあるという赤樫の太い木刀が頭上に突き上げられていた。
影二郎の手には唐かんざしを抜き取った一文字笠があった。そいつを突進してくる慧雲の顔面へと投げた。
慧雲は飛来する一文字笠をものともせず間合いを詰め、影二郎の頭の上に木刀を振り下

ろした。

一文字笠が一瞬慧雲の視界を斜めに過《よ》ぎった。

影二郎が背を丸め、頭を下げて慧雲の内懐に飛び込んだのはこの瞬間だ。同時に法城寺佐常が引き抜かれ、一条の光となって慧雲の腹部を深々と両断していた。

げええっ
慧雲の口から壮絶な雄叫びが上がった。

くあん
影二郎の肩口を赤樫の木刀が落ちて、二の丸の石畳を叩いた。

どどっ
慧雲の手から木刀が飛び、ゆらりゆらりと立っていた慧雲の巨体が、と朽木が倒れるように倒れこんだ。

「やりやがったな！」

権三が喚いた。

そのときには影二郎がするすると間合いを詰めていた。

権三が片手を抜いた。

抜き身の匕首が月明かりに光り、それが煌くと脇腹にぴたりと付けて体ごと突っ込んできた。

「随身門の権三、生きておっても世の中のためにはなるまい」

影二郎は権三の捨て身の突進を正面で受けた。

先反佐常が虚空から振り下ろされ、影二郎の内懐に飛び込もうとした権三の喉元を、
ぱあっ
と刎ね斬った。

うっ
と呻いた権三が硬直したように立ち竦み、直後くたくたと両足をよろめかせると倒れ込んだ。

「あか」

影二郎はあかの名を呼びながら、まず一文字笠を未だ慧雲の痙攣する体の脇から摑んだ。

さらに唐かんざしを突き立てた鉄砲手に走りより、喉に刺さっていた両刃のかんざしを抜き取った。

影二郎は頭領が一撃の下に屠《ほふ》られ、動揺する敵方の隙を衝いて走った。

その後をあかが従った。

どこかで騒ぎ声がした。

城跡に響いた銃声を聞きつけてのことだろうか。

石段を駆け下り、荒れた石畳の坂道を走った。

主従が足を止めたのは高札場のある町屋の辻だ。

「あか、一汗掻いたな」

影二郎は広瀬川を目指して歩き出した。

どこかで夜回りの拍子木が鳴っていた。

影二郎とあかが出た広瀬川の河原は流《ぐ》れ宿の上流部だった。河原に下りた主と犬は流れの岸を下っていった。

流れ宿が遠くに見えた。

橋を潜ろうとしたとき、

「旦那」

と呼び掛けられた。

暗がりに蝮の幸助が蹲《うずくま》っていた。

「昨日は権現様の社、今晩は橋の下か」

「どうにもこうにも八州廻りがおれたちの尻をしつこく追ってきやがる」

「縄張り内に戻った忠治一家を苦しめる凄腕の八州廻りがいたか」

「旦那は代官羽倉外記《はくらげき》を承知かえ」

「なんでも六、七年前に緑野郡《みどりのごおり》三波川村《さんばがわ》の代官に就任なされ、度々飢饉に見舞われた代官領の困窮に関東取締出役に夫食《ぶじき》（非常食）の食い延ばしを嘆願なさるなどなされた方だな、なかなか出来た代官と聞いておる」

「羽倉様は出来の悪い代官ではねえ、なにより国定忠治を一番買ってなさる幕臣だ」

「ほう、お尋ね者の渡世人国定忠治を幕臣が認めるとはどういうことか」

「親分がやってなさることは幕府や大名がやらなきゃあならねえことだってねえ、羽倉様は考えてなさるのさ。この羽倉様の手代だった男が八州廻りの中川誠一郎《なかがわせいいちろう》って男だ。こいつがおれっちの足取りをしつこくに追ってきやがるんだ。親分を護って行を共にしたいがそれもできねえ」

幸助が苦笑いしたとき、雲間に隠れていた月が顔を覗かせた。

「旦那、見てみねえ」

幸助が下流の岸を指差した。するとそこにぴったりと肌に張り付いた襦袢一枚の鳥追いおせんが水浴をしていた。

「いい眺めだろうが」

「旅籠に泊まるよりも役得がありそうだ」

「これで蚊に刺されなければいうこともねえがねえ」

「あの女はな、南町奉行鳥居耀蔵の女密偵と見たがな」

「なんてこった。妖怪の密偵まで前橋分領に入り込んでいやがったか」

二人の視線をよそにおせんは流れから上がり、手拭で体を丁寧に拭うと夏衣を身に纏《まと》った。

「確かに挙動が田舎ものじゃねえや」

「蝮、目尻を下げてやに下がっていると毒を盛られるぜ」

「違いねえ」

おせんが百助爺《ぐ》の流れ宿に戻っていった。

「腹は空いてないか」

「腹も北山、喉も渇いていらあ」

「流れ宿に来い、酒と雑炊を誂えさせようぞ」

「南蛮の旦那となら安心だ。供をしますぜ」

橋桁に掛けてあった振り分け荷物を手にした幸助が影二郎に従ってきた。

「若菜の行方、摑めぬか」

「そのことよ。どうもおかしいや。この前橋に運び込まれたのは確かだが、どうにも気配がねえ、もう少し時を貸してくんな」

影二郎が頷いたとき、流れ宿の前に来ていた。

五

流れ宿の中で宴が始まろうとしていた。一座の真ん中におせんが座り、その周りを泊まり客が囲んでいるところを見ると、おせんが酒を買った様子だ。

「夏目様、よいところにお戻りでしたよ」

とおせんがそのかたわらに席を作ろうとした。

影二郎は一文字笠を脱ぎながら一座を見回したが、小才次の姿はなかった。

「おせん、そなたに見習っておれも水浴びをして参る」

「あら、嫌だ。見ていたの」

「観音様の裸身を見ていたのはおれだけではあるまい。流れ宿の全員が功徳《くどく》に与《あずか》ったのではないか」

男たちがにたにた笑い、

「姉様、すまねえ。神々しくて見てられなかった」

と鉦《かね》叩きの男が首筋を掻きながら、ぺこりと頭を下げた。

「なんてこったい、玉の肌を全員が承知かい」

「蝮、おれの代わりにおせんの相手を務めていてくれ」

「南蛮の旦那の代役は務まりそうもねえ。失礼のねえように精々一座のご一統さんのお相手しよう」

蝮の幸助が手早く肩から道中合羽を下ろし、手にしていた振り分け荷物を板の間の端に置いて、草鞋の紐を解き始めた。

「百助爺、すまぬがあかになんぞ夕餉のえさを与えてくれぬか」

「雑炊でいいかねえ、雑炊なればたっぷりあるでな」

「よいよい」

影二郎は手拭を手に再び河原に戻った。

最前までおせんが水浴びをしていた流れに下帯一本で身を浸した。

火照った五体が広瀬川の冷たい水にさらされてなんとも気持ちがいい。両手に水を掬い、顔の汗を流した。

「影二郎様」

小才次の密やかな声だけが岩陰からした。

流れ宿のおせんの目を気にしてのことだ。

「おせんはやはり妖怪鳥居の密偵ですねえ。しぐれ茶屋を訪ねて、川越藩重臣因幡里美様の座敷に顔を出した様子にございます。その席に経徳桜次郎の姿があったと思われます、一人だけ先に茶屋を出ましたがねえ」

「尾行したか」

「へえっ。経徳に食らいつけば若菜様のおそば近くに辿り付けると後を尾けたのですが、経徳め、えらく用心深い野郎で散々前橋の町を引き回したあげくに三の丸跡の陣屋へと橋を渡っていきました」

「一代の剣術家は臆病なくらい用心して生きる人間よ。そなたが尾行していたことを承知していたのであろう」

「おそらく知ってのことです。最初戻りかけたのは伊勢崎への街道口でした」

「あかを伴えばよかったか」

「わっしもそう思いましたよ」

「尻尾を出しかけた女狐が一匹残っておるわ。明日一日中はあの女の後をあかに尾けさせようか」

「それは面白うございますね。ですが、影二郎様、若菜様の身を考えますとそう悠長にもしておれませぬ。ここいらで女狐を燻《いぶ》してみてはいかがにございますか」

「蝮の幸助も一座に加わっておる、面白い芝居が見られるかもしれぬな」

「精々田舎芝居にならないよう努めます」

小才次の言葉を聞いた影二郎は流れから上がると手拭で拭い、夏衣を両の肩にかけて流れ宿に戻った。

「夏目様、えらく時間がかかりましたねえ」

ほんのりと白い顔を染めたおせんが問いかけた。

「上州は炎暑の土地だ。べたつく汗を流すにはなかなか難儀だ」

「ほんに」

影二郎は法城寺佐常を手に提げておせんが指し示す席に腰を落ち着けた。

すでに蝮の幸助は一座に溶け込み、六十六部と向き合って濁り酒を飲んでいた。

「旦那、まずは一杯」

おせんが差し出す茶碗はひんやりとしていた。濁り酒が素焼きの壺で冷やされているせいだ。菜は大丼に盛られた沢庵付けだ。それに田螺《たにし》を塩茹でしたものが供されてあった。

大方、客のだれかが流れに入り、採ったものだろう。

「昼間も馳走になったな」

「金を稼ぐのは使うためですよ」

おせんが太っ腹を見せ、影二郎は茶碗に口をつけて飲んだ。舌にひんやりとした感触が心地よく広がり、喉にすいっと落ちていった。

「甘露甘露」

「旦那、金殿玉楼で飲もうと河原の小屋で飲もうと酒は酒、一様に酔いをもたらしてくれますよ」

おせんが二杯目を注いでくれた。

「おせん、明日は何処へ立つな」

「この土地が気に入りました。しばらく神輿《みこし》を据えますよ」

「長逗留するというか」

「旦那、そんな邪険な目付きで睨まないで下さいな」

と言いかけるところに幸助が茶碗を抱えて座に加わった。

「やっぱり生まれ在所はいいねえ」

幸助がつい洩らした。

「おや、おまえさんは上州生まれかえ」

「八州様に追われ追われての旅暮らしだが、故郷は赤城の麓の黒保根《くろほね》村よ」

おせんの目が光を帯びた。

「まるで国定忠治親分のご一統の一人に聞こえるよ」

「姉さん、滅多なことを口にするものじゃねえぜ。だれが聞き耳を立てているとも知れねえや」

幸助の口調は柔らかだったが八州廻りを相手に死闘を演ずる者の凄みが隠されていた。

「ほんに相すまぬことでしたよ」

と謝るおせんの顔にも険しさが漂った。

二人の男女が正体を見せて切り結んだ、そんな一瞬だった。

「南蛮の旦那とは古馴染みのようだねえ。おや、こんなことを聞いてもいけないのかえ」

おせんが幸助を見て、その視線を影二郎に移してきた。

「蝮と馴染みと聞くか。夕べ、浮き草のように流れ着いた流れ宿、善根宿で一夜の宿りをともにして、朝《あした》には東と西に分かれてきた、幾たびとなくな。ただそれだけの関わりよ、おせん」

「男同士は淡泊でいいねえ。男女の仲とは違い、後腐れがないよ」

「蝮と後腐れがあってたまるものか」

幸助がけたけたと笑ったとき、流れ宿に生暖かい風が吹き込み、小才次が、

「どちら様もご機嫌の様子で」

と挨拶しながら汗みどろの顔で戻ってきた。

「小才次、まずは流れで汗を流してこい」

影二郎が命じて、

「へえっ、そうさせて貰いましょう」

と手拭を持って直ぐに外に出た。

そのあとを追うようにあかが従った。

「姉さん、おまえさんの顔をどこぞで見かけたのだが思い出せねえ」

幸助が酔ったふりしてからんだ。

「わたしゃ、蝮のおまえさんと会ったことなどないよ」

「いや、どこかで見た顔だ。賭場かねえ、いや、賭場じゃねえな」

と考え込む幸助に影二郎が応じた。

「おせんは大川で産湯を遣った江戸っ子だぜ」

「思い出した！」

幸助が叫んだ。

「蝮、なにを思い出した」

「この姉さんが南町奉行所の通用口をさ、腰を屈めて出てくる姿に見惚れたことを思い出した。そう昔の話じゃねえや」

「蝮、なんでまた南町なんぞの前にいた」

「それよ、仲間が江戸でドジを踏んで南町奉行の鳥居耀蔵の配下にふん捕まってな、調べを受けた。その様子を窺いにいったのさ」

「仲間はどうなった」

「今頃は草葉の陰だ」

「そんな折、おせんを南町の通用口で見たというか」

「おうさ、これほど様子のいい鳥追いはそういねえからね」

蝮の幸助がにたりと笑った。幸助も阿吽《あうん》の呼吸でおせんの正体を暴こうとしていた。

「蝮の、女の一人旅だと思って、変な言いがかりをつけるものじゃないよ。私が江戸の町奉行のなんだっていうのさ」

「大戸を閉じた奉行所の通用口を慣れた仕草で出入りできるは相場が決まってらあな」

幸助がじりじりとおせんの正体を剝がしにかかっていた。

「南蛮の旦那、蝮は酒癖が悪いよ」

とおせんが恨めしそうな目を影二郎に向けたとき、小才次がさっぱりとした姿で流れ宿に戻ってきた。

「小才次、遅かったな」

「前橋分領に江戸から有象無象《うぞうむぞう》が入り込んで、なんとも賑やかなことでしてねえ」

「なんぞ儲け口を拾ったか」

「前橋陣屋の隣に鉄砲屋敷が出来たのはご存じですね」

「川越藩から引っ越してきた国友宇平が鉄砲鍛冶を務める屋敷だな」

「へえっ」

「だれもが承知のことだ」

「それが妙な噂が流れております」

「噂とはなんだ」

「つい先日、江戸の板橋宿近くの徳丸ヶ原で高島秋帆様がお持ちの大砲やら鉄砲の試射が行われましたな」

「聞いた聞いた。幕閣の要人から幕臣、在府の大名諸侯まで見物させられたそうだ。そう言えば南町奉行の妖怪どのは蘭学嫌い、ゆえに南蛮渡来の大砲も鉄砲も毛嫌いしていると聞いたな」

影二郎がおせんを見た。

おせんは影二郎の目を、
すいっ
と交わした。

「その折、エゲレス国で作られた元込め連発エンフィールド銃が盗まれたそうなんで」

「幕府の演習場から鉄砲が盗まれたとな」

影二郎が承知のことを初めて聞く顔で問い直す。

「へえっ、こんなことは幕府内部に手引きする者がいなきゃあ、とても出来る芸当じゃございませんや。そのエンフィールド銃十挺が鉄砲陣屋に運び込まれているというのですよ、こいつを手本に前橋陣屋は何百挺もの洋制鉄砲を拵《こしら》える気ですぜ」

「川越藩は親藩だぞ、幕府に楯突くなど考えられようか」

影二郎と小才次の問答に幸助が加わった。

「だからよ、幕府の内部に巣くう腹黒い鼠が一匹加わっているのさ」

「蝮、腹黒い鼠とはだれだな」

「おれの勘では蘭学嫌いの南町奉行どのだな」

「鳥居甲斐守忠耀とな」

鳥居の本名は耀蔵だ。

任官して甲斐守を許され、諱《いみな》を忠耀と名乗った。

妖怪の因は耀と甲斐に発する。

「大いにそんなところかもしれねえ」

首肯した影二郎が反対に言い出した。

「前橋に八州廻りの切れ者、中川誠一郎が三波川村代官羽倉外記の命で潜入しているというぞ。蝮、この話、中川に伝えてやれ、川越藩前橋分領で幕臣が絡んだ鉄砲造りが進んでいるとな」

「南蛮の旦那、八州廻りだけはご遠慮蒙ろうか。腹黒い鼠が退治されるまえにおれの首が胴に付いてねえや、くわばらくわばら」

と首を引っ込めて見せた幸助が、

「おれは寝るぜ」

とその場を離れ、板の間の端にいくと道中合羽を枕に長脇差を抱くとごろりと横になった。

「私も話に草臥《くたび》れたよ」

おせんが酒の場を離れたのを潮に酒宴が終わりを告げ、流れ宿は河岸の鮪が転がったように眠りに就いた。

一刻後、百助爺の流《ぐ》れ宿に鼾が競い合っていた。

さらに一刻、すうっと音もなく立ち上がった者がいた。

三味線と編笠を小脇に抱えたおせんだ。

おせんは辺りを窺うと流れ宿の外へと風のように出ていった。

「南蛮の、おあとはおまえさんらに任せよう」

幸助の声がして、影二郎と小才次が流れ宿を出た。

雲がかかった月明かりの下、あかが土手を上がる姿が見えた。その先にいるはずのおせんの姿は見えなかった。

「女狐が狩り出されたぞ」

「蝮が一役買ってくれましたからね」

二人はあかがすたすたと歩く姿を頼りに進んだ。

あかは時折後ろを振り向き、影二郎らが従ってくることを確かめてまた前に進んだ。

おせんは広瀬川の土手をひたすら下流へ目指していた。

前橋陣屋の東で広瀬川は本流と端気川に分かれた。

あかはその辺りで土手を外れ、桑の木が植えられた畑地を真南に下っていった。

視界がよくなり、小さくおせんの姿も見えた。

「伊勢崎、桐生《きりゅう》に向かう街道がこの先に走っていますぜ」

小才次が先ほど尾行していた経徳桜次郎が向かいかけた街道口に興奮した。

おせんが向かう先に森が見え、四、五軒の寺らしき甍《いらか》が月明かりに確かめられた。

「若菜様がこんなところに押し込められておりましたか」

おせんは土塀を巡らした一寺の裏門を潜った。

「化けの皮を剝がしたな」

影二郎と小才次は桑畑の間に延びた道を急いだ。すると一本の桑の木の下からあかが姿を見せて、尻尾を振った。

「ようやった、あか」

と愛犬を褒めた影二郎は、

「小才次、連発短筒を持参したか」

「はい」

と答えた小才次が背に負うた風呂敷包みの結び目を解いた。

「多勢に無勢の戦いとなる、若菜を助けるために必要なればぶっぱなせ」

「短筒を扱うのは初めてです、当たるとも思いません」

「なあに脅しよ、それでもどぶ鼠は逃げ惑おうぞ」

と答えた影二郎はおせんが消えた養行寺《ようぎょうじ》の裏口を潜った。続いてあかが、最後に元込め式連発短筒を懐に忍ばせた小才次が従った。

広い庭に一箇所だけ明かりが点った離れ屋があった。

泉水があるのか、池の鯉が跳ねて水音が響いた。

影二郎は離れ屋に接近しながらあかの様子を確かめた。もしこの離れに若菜が幽閉されているならば、人間よりも動物の嗅覚がそれを嗅ぎつけるはずだと思った。

あかは小首を傾げる仕草で迷っているようだ。

「おせん、われらの前橋入りを大目付の倅が嗅ぎ付けたと申すか」

離れから大声が響いた。

「広瀬川の流れ宿で夏目影二郎らが話しておるのを聞きましてございます。八州廻り中川誠一郎を前橋陣屋に差し向けるだのなんだの申すものですから、一刻も早く峯島様にお知らせせねばと宿を抜けて参りました」

「関東取締出役の中川誠一郎は羽倉外記の秘蔵の男で厄介だぞ」

「で、ございましょう。経徳様はどうなされました」

「それが戻って来られぬのだ」

「しぐれ茶屋を私どもより先に出られましたがねえ」

「経徳先生のことだ、案ずることはあるまいが」

という声がして、泉水の鯉が再び跳ねた。すると離れの障子戸が開き、物音を確かめようとした。

鳥居耀蔵の内与力の一人峯島敏光の視線の先に一文字笠を被った着流しの男が立っているのが見えた。

「おのれは」

と峯島が叫んだとき、あかが庭から離れ座敷に飛び上がって、奥へと駆け込んでいった。

「出会え出会え！」

峯島が叫んだ。

「おせん、ちと細工が過ぎた。それも拙い仕掛けだったぞ」

「糞っ、夏目影二郎めが」

おせんがきりきりと眉を吊り上げた。すると美形のおせんの形相が一変して、

（邪悪の鬼女）

の顔に変じた。

次の間からおっとり刀の面々が姿を見せた。寝巻きに剣を提げた格好だ。

「取り囲んで一斉に叩き伏せよ！」

峯島の命に寝巻き姿の配下たちが剣を抜き連れ、縁側から庭に飛び降りた。

その乱れた輪の中に影二郎が自ら飛び込んだ。

法城寺佐常が抜かれ、一閃した。

体勢の整わない侍の胴が撫で斬られ、前のめりに転がった。次の瞬間には影二郎の体は飛燕のように横っ飛びに移動して、二人目の肩口を、さらに三人目の腰を斬り割っていた。

影二郎は輪の中で動き回りながら、峯島敏光とおせんの動きを確かめた。

二人が離れ屋から姿を消すのが見えた。

影二郎は四人目を飛び込ませておいて、胴を抜き、攻撃の輪が乱れたのに乗じて走った。

離れ屋と本堂をつなぐ渡り廊下の下を潜り、大砂利が敷かれた庭に出た。

あかの吼え声がその先でした。

「若菜！」

と叫びながら走った。

味噌蔵か穀物蔵か、扉が開け放たれている蔵の前であかが吼えていた。

影二郎が先反佐常を構えたまま飛び込むと、

「影二郎様」

と呼ぶ小才次の声が奥からした。手には連発の短筒を提げていた。

「若菜はいかがした」

ずかずかと奥に踏み込むと二枚の畳が敷かれた上に縛《いまし》めの縄が解かれて残されてあった。さらに水の器が残されてあった。

「これを」

小才次が明かりを差し出した板壁には血で、

「えいじろうさま」

と書かれてあった。

「若菜」

と呟く影二郎に、

「若菜様がここにおられたのは数刻前までのようにございます。奴らはなんぞ気付いて若菜様を別の場所に移したのでしょう」

影二郎は後ろ手に縛られた若菜が必死の思いで書き止めた自分の名をただ黙然と見ていた。

第四話　三の丸荒らし

一

川越藩前橋分領にじっとりとした暑さが居座った。尋常ではない猛暑が人々の気力を奪い去っていく。

そのためか、すべての動きが止まった。

影二郎と小才次は必死に若菜の新たな幽閉先を探索していたが、その足取りは判然としなかった。

前橋の町に噂が流れた。

関東取締出役の中川誠一郎が国定忠治と残党を一掃する秘策を近々敢行するというのだ。

そのせいで前橋分領の境の調べがさらに厳しさを増したというのだ。

忠治と一統の動きもどこからも伝わらなくなっていた。

蝮の幸助の姿もぱたりと消えていた。

無為な時間が二日、三日と過ぎていった。

「影二郎様、確かに前橋分領の出入りが一段と険しくなっております、そのための人員が川越本藩から増派されております」

と代官領と前橋分領の境の検問所を見にいった小才次が影二郎に報告したのは朝から続いた暑さがようやく力を弱めようとする夕暮れの刻限だ。

「忠治一統もそのせいで前橋に雪隠詰《せっちん》めになっているという噂も流れてますし、また前橋領を出て碓氷峠を越えたという風聞もございまして、なんとも真相が摑めません」

と付け加えた。

この日、影二郎は百助爺の流れ宿《ぐ》で江戸への手紙を書いて過ごし、小才次だけが町に出て、夕暮れ前に戻ってきたのだ。

影二郎は頷くと小才次を広瀬川の流れの側に誘った。

手には百助爺が造った自慢の濁り酒と茶碗が二つあった。

「百助が町に出るというので下帯と浴衣を買ってこさせた。ほれ、そこにある。汗を流して着替えよ」

と影二郎が河原に置かれた真新しい下帯と浴衣を目で差した。目を丸くした小才次が改めて影二郎を見れば、紺地に白の縞模様の浴衣をさっぱりとした顔付きで着ていた。

「わっしにまでそのようなことを」

と感激の言葉を洩らした小才次が、

「影二郎様の言葉に甘えて御免蒙らせて頂きます」

と断り、影二郎の背に回ると勢いよく、

ぱあっ

と汗臭い単衣を脱ぎ捨て、流れに身を浸した。

「なんとも気持ちのよいことで」

呻くように洩らした小才次は流れに顔まで浸した。

影二郎は濁り酒を茶碗に注ぎ、口に運んだ。

素焼きの甕《かめ》で自然に冷やされた濁り酒の野趣が口内に広がり、影二郎を蘇生させた。

影二郎の背で声がした。

「若菜様の苦難を思うとじっとしていられませんが、なんとも手がかりが摑めません。申し訳ないことにございます」

小才次の言葉をわざと聞き逃した影二郎が、

「我慢のときよ」

と自らに囁きかけた。

広瀬川に薄い闇が訪れ、向こう岸には蛍の明かりが淡く浮かび上がった。

水音が響いて小才次が流れから上がり、真新しい下帯と浴衣に身繕いをして、

「お蔭様で生き返りました」

と影二郎のかたわらの石に座った。

その手に影二郎が茶碗を握らせ、濁り酒を注いだ。

「頂戴します」

両手で茶碗を抱えた小才次がぐいっと飲み干し、
ふうっ
と息を衝いた。

「影二郎様、今晩、玉村の主馬親分が熊野神社で大賭場を開くという話です」

「なにっ、玉村の主馬がな」

前橋から利根川を下った玉村宿を縄張りにする主馬は忠治と敵対する上州の渡世人の一人だ。

忠治が一声かければ、

「子分の八百人や千人は集まる」

と威勢を張っていた時代、主馬はひっそりとしていた。だが、忠治とその一統が八州廻りに追われてちりぢりに上州を後にした直後から急速に力を伸ばしてきた博徒であった。無論主馬が勢力をつけた背景には忠治を捕縛しようという関東取締出役の後ろ楯があってのことだ。

毒には毒を以《もっ》て制する策を八州廻りは取ったのだ。

「逃亡中とはいえ、忠治の縄張りうちで賭場を開くか」

これを主馬の無謀と見るか、忠治と一統の力の衰微と見るか。

影二郎も判断に迷った。ただ一ついえることは山王の民五郎のこともあって忠治が黙って見逃すことはないということだ。

「影二郎様、忠治親分の子分の一人、山王の民五郎を主馬が捕まえているという話です」

主馬は忠治の股肱の臣の民五郎を捕縛して、忠治が動けば民五郎の命はないと暗に告げていたのだ。

影二郎はこのことを忠治の口から直に聞き知っていた。

「ともかく熊野神社の賭場付近には前橋陣屋の役人から八州廻りまで敵味方、代官領、川越藩の役人と入り乱れて警戒線を敷くそうです」

「それもこれも忠治捕縛のためか」

「間違いございません」

鳥居耀蔵が背後に控えた川越藩前橋陣屋因幡里美一派にしても洋制鉄砲を狙う忠治の阻止は、まず第一のことだった。

また一方、関東八州の天領、大名領の治安を守る役目の八州廻りにしても、忠治一統に連発が利く洋制元込め鉄砲を絶対に渡すわけにはいかなかった。

追い詰められつつある忠治一統が元込め式連発鉄砲で装備したとき、立場は逆転するのだ。そのために八州廻りも賭場周辺に潜んでいることは十分考えられた。

「小才次、われらも賭場を覗こうか」

「はい。影二郎様のお供させて頂きます」

と小才次が笑みを浮かべた。


五つ半（午後九時）の刻限、一文字笠に浴衣の着流しの腰に法城寺佐常を差し落とした夏目影二郎と小才次はあかを従え、熊野神社の境内へと姿を見せた。

拝殿横手に筵掛けの賭場が建てられ、玉村の子分たちがかがり火を焚いて客を迎えていた。

上州は絹織物で大金を稼ぐ問屋の旦那や養蚕で儲ける大百姓がいた。それら流通する小判に群がって博徒たちが覇を競い合っていた。一方で天保の飢饉に苦しむ農民たちがいて、それらが一代の侠客国定忠治に偉大なる幻影を抱いて、逃亡を助けていた。

忠治をお上の政策に楯突く凶賊と決め付ける幕府では、忠治に敵対する博徒と組んでまでも殲滅《せんめつ》しようとしていた。

上州名物の暑さと同じような混沌とした、行き場のない状況が前橋にあった。そして、救いようのない状況を博奕で憂さを晴らそうという連中が熊野神社に集まり、この賭場の寺銭を目当てに忠治が現れればと、前橋陣屋の役人たち、八州廻りの中川誠一郎と支配下の小者、さらには主馬に雇われた浪人剣客たちが神社のあちこちに隠れ潜んでいた。

賭場へ誘う高張り提灯の明かりの下をいく影二郎の前に主馬の子分と思える連中が立ち塞がった。

「どこへいく」

兄貴分が派手な造りの長脇差の柄に手をかけて影二郎に問うた。

その背後にまるで喧嘩仕度と見まごう尻端折りに荒縄で襷《たすき》がけ、竹槍を手にした弟分たちが控えていた。

「どこへ行くとは知れたこと、まずは熊野様に拝礼を致す」

「旅人、殊勝な心がけだ」

「博奕に勝つには神様の助けが要るでな」

「なにっ、おめえらは賭場に来たのか。ならばだれぞの書付を持ってやがるか」

「だれぞとはだれのことか」

「いわずと知れた関八州に名の通った親分の書付だ」

「さような書付など持たぬ」

「ならば帰り願おうか。今宵は上州の上客様ばかりを親分がお招きなさった大事な賭場だ。どこの馬の骨とも知らぬ浪人者を通すわけにはいかねえや」

「賭場の通行手形は山吹色の小判と関八州の決まりごとだ。男が一旦賭場に足を踏み入れようと乗り込んだのだ。引き返すわけにはいかぬな」

「なにを、てめえ、今売り出しの玉村宿の主馬親分に逆らう気か」

「玉村の主馬とは国定村の忠治が上州を留守にした間に泥棒猫のように縄張りを食い荒らす三下奴か」

「なんだと、親分のことを泥棒猫だと、三下奴だと抜かしやがったか」

「おまえの汚い耳が聞いたとおりだ」

「野郎ども、こいつを叩き伏せて簀巻《すま》きにして利根川に落とせ」

兄貴分が弟分たちに命じた。

「おうっ」

と竹槍の穂先が影二郎らに向けられた。

あかが唸った。

小才次が懐に片手を入れた。そこには元込め式の洋制連発短筒があった。

影二郎は動かない。

「止めておけ」

石灯籠の陰から声がした。

陣笠に羽織、ぶっ裂き袴の武士が姿を見せた。

「あっ、これは中川様」

と兄貴分が突然姿を見せた関東取締出役の中川誠一郎を振り見た。

「こやつ、賭場に乗り込もうとしやがる不逞《ふてい》の浪人者でして、ひょっとしたら忠治の回し者かも知りませんや」

「違うな」

と三十を過ぎた様子の中川誠一郎が答え、

「この方のお父上は大目付常磐秀信様と申され、われらを差配される勘定奉行公事《くじ》方を務められたこともある。その折、この方がお父上の意を受けて、われらの先輩八州廻り峰岸平九郎ら六人を影始末なされた騒ぎは聞いたことがあろう」

「鏡新明智流の鬼ですかえ」

と兄貴分が呆然と呟いた。

「そうだ、夏目影二郎様だ。おれが声をかけるのが遅れていたら、おまえらの首は今頃胴に着いてはおらなかった」

と言った八州廻りが、

「夏目影二郎様、お初にお目にかかります。関東取締出役中川誠一郎にございます」

と名乗った。

「お役目、ご苦労に存ずる」

「夏目様のほうこそ」

「中川、おれは川越で拘引《かどわか》された女を捜しに前橋に来ただけだ、勘違い致すな」

「女が拘引されたというのはほんとの話で」

「おれと若菜は川越に若菜の姉の遺髪を納めに参ったのだ。それをどこぞのだれかが拘引しおった。中川、そなた、なんぞ知らぬか」

「夏目様、心しておきます。お宿はどちらにございますか」

中川誠一郎が影二郎の顔を正視しながら答えた。

「広瀬川河原の流れ宿だ」

と答えながら、影二郎は国定忠治が苦労するのも無理はないと思った。

代官羽倉外記の手代から抜擢された中川は役職を利して金を稼ごうとか、出世しようとか邪心はなく、関東取締出役の奉公に一身をかけていた。それが顔に見えた。

「承知しました」

「通るぞ」

影二郎は八州廻り中川誠一郎に声を掛けると賭場へと向かった。主馬の子分たちが言葉もなく道を開けた。

「影二郎様、あかと外で待ちます」

小才次が賭場の筵を潜ろうとする影二郎にいった。

(うむ)

と頷いた影二郎は肩で筵を押し開いた。

四十畳の広さの賭場は客で溢れ返り、天井と壁の柱に無数の行灯が掛けられて盆茣蓙に向けて照らされていた。

丁半博奕が開かれる賭場は緊張と弛緩の波が交互に繰り返されて、夜半に向けて徐々に熱気が高まろうとしていた。

白い布が敷かれた盆茣蓙は五間ほどの長さがあり、左右に上州の旦那衆や親分衆、大百姓衆たちが居流れて、壺の下でさいころが見せる数字を凝視してはその度に沈んだ溜息をつき、押し殺した歓喜を洩らしていた。

銭箱の前にどっかと座った壮年の男が玉村宿の主馬だろう。今しも壺振りがきびきびした動作で盆茣蓙に壺を伏せた。

「勝負!」

と押し殺した声を上げた壺振りが、
さあっ
と手首を返した。

「一一《ぴんぴん》の丁にございます」

再び舌打ちと喜びの短い声が交錯した。

駒札が一人の女の前に寄せられた。

鳥追いおせんだ。

影二郎は銭箱を預かる代貸の前に行き、父の秀信が探索費として届けてくれた百両のうち、切餅(二十五両)一つを駒札に替えた。

代貸のかたわらから主馬が影二郎を睨んだ。

「夏目影二郎様、お手柔らかにお願い申します」

子分たちが知らせたようで親分の主馬がいった。

影二郎は主馬を見た。

やくざ渡世が割拠する上州で伸し上がっただけの精悍な面構えだ。だが、どこかとらえどころのない茫洋とした双眸が油断のならない人柄を偲ばせ、その目が影二郎を見据えていた。

「おれは賭場に遊びに来ただけだ」

「へえっ、そう聞いておきやす」

押し殺した声が答えた。

一勝負がついたか、ざわめきが漂った。

盆茣蓙の前に座る客の何人かが抜け、新たに加わった。

おせんは小袖の片袖を脱ぎ、襦袢《じゅばん》を見せて片膝を着いていた。

その前に影二郎は腰を下ろした。

その勝負にも勝ったか、おせんが駒札を積み上げて辺りを見回した。

目が影二郎とあった。

一瞬、驚きの表情を見せたおせんが居直ったように、

「おや、南蛮の旦那」

と嫣然とした笑いを向けてきた。

「ついておるようじゃな。一生の運を使い果たすでないぞ」

「余計なお節介ですよ」

壺振りが新たな勝負の開始を告げた。

「丁方揃いました」

「半方ございませんか」

影二郎は替えた駒札の半分を半に置いた。

「半方、ございませんか」

「わしも乗せてもらおう」

という声がして、白絣の着流しの老人が影二郎のかたわらに座り、駒札を差し出した。

影二郎が見るまでもなく、川越藩元年寄内海六太夫だった。老人はこの前橋領で元〆代官を務めたこともあった。

「丁半揃いまして御座います」

壺振りが一座に声をかけ、一同は壺振りの挙動を注視した。

真っ白な猿股に晒し木綿をきりりと腹に巻いただけの壺振りが盆茣蓙の真ん中に壺を振り下ろした。

固唾《かたず》を呑む音を存分に聞かせて、間を置いた壺振りが、

「勝負！」

の声とともに壺を振り上げた。

さいころの目は一と四。

「一四の半目に御座います」

それまで丁目に転がり続けていた。その瞬間、潮目が変わったようで大きな溜息と期待の声が複雑に響いた。

影二郎と六太夫の前に倍になった駒札が戻ってきた。

影二郎が顔を上げると、おせんが鬼女の形相で睨んでいた。

「おせん、つきが落ちた。駒札のあるうちに止めたらどうだ」

「余計なお世話を焼くんじゃないよ。鳥追いおせん、だれの命も聞きませんよ」

と吐き捨てた。

ざわついた賭場に新たな勝負が告げられた。

おせんは丁の目にこだわり、影二郎と六太夫は半目で対抗した。

明らかに勝負の流れが変わっていた。

もはやおせんのツキではどうにもならなかった。

四番、五番と負け続けたおせんが残りの大金をすべて丁目にかけて、半との勝負に出た。

おせんの目にめらめらと燃えるのは、

(夏目影二郎)

への意地だった。

「勝負!」

おせんの口から叫び声が挙がった。

「二三の半」

壺振りが静かな声でおせんの負けを宣告した。

「糞っ」

おせんの切れ上がった両眼が影二郎を睨んだ。

その瞬間、賭場に主馬の子分が駆け込んできて大声が響き渡り、事件が告げられた。

「前橋陣屋が襲われたぞ!」

「忠治一家が鉄砲屋敷を襲ったぞ!」

熊野神社の賭場は騒然とした空気に包まれた。

二

影二郎と六太夫は旧前橋城三の丸にある前橋陣屋の騒ぎを空堀に架かる橋の袂で見ていた。

川越藩の前橋陣屋の役人たちが血相を変えて陣屋に出入りしていた。そのことが忠治の襲撃事件を如実に物語っていた。

忠治は賭場を襲うと見せかけて熊野神社に川越藩前橋陣屋の手勢、関東取締出役中川誠一郎らの耳目を集め、手薄になった前橋陣屋鉄砲屋敷を大胆にも襲ったという。

影二郎は、

(忠治は鉄砲を手に入れたのか)

とそのことを漫然と考えていた。

陣屋からは鉄砲を担いだ陣笠の警護隊が前橋から出る各街道口を固めるために走り去っていった。

川越藩を襲った危難に呆然としていた六太夫は橋を往来する藩士に親しい者を見つけたか、

「清村《きよむら》」

　と呼んだ。

清村と呼ばれた壮年の藩士は白絣を着流しにした老人を不審そうに見ていたが、

「内海六太夫様」

　と驚きの声を上げながら、寄ってきた。

六太夫は清村を藩士たちの目から遠ざけるように暗がりに誘った。

「内海様、どうして前橋陣屋へ参られました」

「清村、さようなことはどうでもよい。博徒国定忠治が陣屋を襲ったというのは真か」

清村は六太夫のかたわらの影二郎を気にした。

「このお方は川越藩のお為になる方だ、気に致すな」

　と応じた六太夫は、

「清村朝之助《とものすけ》は昔それがしの配下にて、ただ今では前橋陣屋の番頭を務めております」

　と影二郎に説明した。

「内海様、忠治に襲われたのは真にございます」

「陣屋か鉄砲屋敷か」

清村が返事に迷った。

「因幡里美様が強引にも鉄砲鍛冶国友宇平を川越から前橋陣屋内に移動させたことは周知の事実だ、だれもが承知のことだ」

「ですが、斉典様も知らされず一部の重臣が謀った移動との風聞が前橋陣屋には流れております」

「風聞は正しい。殿は承知しておられぬ」

「なんということが起きておりますので」

「鉄砲屋敷では忠治一家を撃退したか」

六太夫がさらに踏み込んで念を押した。

「いつもより手勢が少ない上に不意を衝かれたとか、一瞬の出来事だったそうにございます」

舌打ちした六太夫が、

「奪われたものは」

「忠治一家は鉄砲には目もくれず、最初から洋制元込め式連発短筒を狙っていたそうでございます。奪い去ったものは短筒十八挺と大量の銃弾にございます」

元川越藩の年寄を務めた内海六太夫がしばし沈黙した後、

「清村、よいか。忠治一家が前橋陣屋を襲ったのは事実だ、だが、陣屋一同で力を合わせ撃退した。短筒など一挺も奪い取られておらぬ。第一、前橋陣屋には鉄砲屋敷もなければ、最新式の元込め短筒などないのだからな、さよう心得よ」

と清村朝之助に教え諭すように言い、

「はっ」

と元配下も承った。

「川越と江戸には急使は送ったであろうな」

「因幡様が強引に陣屋の元〆代官角田様を説得なされて、忠治追撃が第一のこと、奪われたものを取り返せと厳命されてどちらへも未だ……」

「なんということか」

と呻いた六太夫が、

「清村、よいか、ここは松平家家臣としてなにをなすべきかとっくりと思案するときぞ。腹を搔っ捌く覚悟でそなたの配下の者を江戸と川越へ走らせよ。その相手がだれか承知だな」

六太夫は因幡派に知られぬように使いを立てろと命じていた。

「殿に真実を告げることこそ川越藩が幕府からお咎めを受けぬただ一つの方策ぞ、この期に及んでいろいろと姑息な画策してはならぬ。そうでなくとも関東取締出役が前橋分領に入り込んでおるのだ。いずれ、この騒ぎは江戸に知れる。そのとき、殿が真実を承知でおられるかどうかが肝要なことだ」

清村がしばし沈思し、

「内海様、いかにもさよう」

と答えた。

「それがし、これより早々に手配致します」

「時を無駄にしてはならぬ。使いには死に物狂いで走れと命じよ」

「御免」

と答えた清村朝之助が空堀に架かる橋を陣屋へと走り去った。

影二郎と六太夫は旧大手門から町屋へと戻ろうとした。小才次とあかは熊野神社から百助爺の流れ宿に戻していた。

陣屋付近は騒然としていたが町屋は未だひっそりとした眠りの中にあった。

高札場のある辻に差し掛かった。

すでに夜明けは近いというにじっとりとした暑さが残っていた。

二人の行く手に男と女、二人が立ち塞がった。

鳥居耀蔵の内与力の一人峯島敏光と胸の前に三味線を斜めにかけた鳥追いおせんだ。

「どうした、おせん。賭場の負けを晴らそうというのか。賭けの金子なればあの騒ぎで取り逸《はぐ》れた」

影二郎の言葉におせんが片頬に冷笑を浮かべて、

「急に前橋を発つことになったのさ、その前におまえだけは始末しておかないとね」

と平然と宣告した。

「江戸南町奉行の内与力と女密偵が川越藩前橋分領にいること自体、おかしなことよ。妖怪め、ちと分に過ぎた行いよのう」

影二郎の言葉におせんが三味線の陰から短筒を出して影二郎に向け、動きを封じた。

間合いは四、五間。

辻には常夜灯の明かりがこぼれていた。まず短筒の扱いに慣れた者なれば外す距離ではない。

峯島敏光が片手を上げた。すると辻の暗がりから八人ほどの剣客が姿を見せた。

だが、その中に北辰一刀流の鬼才といわれた経徳桜次郎の姿はなかった。

「こやつの息の根を止めよ。安心して江戸に戻れぬわ」

八人の剣客が影二郎を半円に囲もうとした。

六太夫が脇差に手をかけながら、

「前橋は川越藩の飛び地である。江戸町奉行の内与力や不逞な浪人が徘徊することを許さぬ！」

と怒鳴った。

「老人、こやつら相手に怪我をしてもつまらぬ。お下がりあれ」

と六太夫を呉服店の看板を上げた店の戸口に下がらせた。そうしながら、

「おのれら、アサリ河岸名物の大暴れを久しぶりに披露致そうか」

と言いつつ、一文字笠の紐を解いた。

その間にもおせんの銃口は影二郎の動きを捉えていた。

アサリ河岸の大暴れとは一人に対して大勢の門弟が総がかりに挑んでの猛稽古だ。

これに挑戦する門弟は最低何刻か、休むことも手を抜くことも許されなかった。大勢の攻撃から身を守るためには自らが四方八方に飛び動き続け、先手先手をとって攻撃することしかなかった。

「おせん、洋制の連発短筒など手にすると火傷を致すことになるぞ」

「うだうだと説教ばかりを繰り返して、逃げようたってそうはいかないよ」

影二郎の手が一文字笠の縁にかかった。

そこには萌の形見の珊瑚玉の飾りの唐かんざしが竹の骨の間に差し込まれていた。

影二郎が気配もなく、
ふわり
と横に移動し、おせんの保持する短筒の銃口もそれに合わせた。だが、引き金に力を入れなかったのは、影二郎がまだ先反佐常の柄にも手をかけてないという安心からだ。それが油断を呼んだ。
「おせん、三途の川の渡し賃は持っておるか」
影二郎が再び博奕の勝負を思い出させて、おせんがきりきりと眉を上げた。
「口先だけか、夏目影二郎！」
その瞬間、一文字笠が足元に、
ぱらり
と落ちた。
おせんの目が思わず一文字笠にいった。
影二郎の手首が翻り、唐かんざしが虚空に投げ打たれた。
重い湿気を含んだ大気を裂いて両刃の唐かんざしが飛んだ。
視線を戻したおせんも慌てて引き金を引いた。
慌てた分、動きが遅れた。

勝負はその時点で決していた。
唐かんざしがおせんの喉首に深々と刺さり込み、その衝撃におせんの手が、銃口が跳ね上がって夜空に銃声を響かせた。
ずどーん
影二郎が法城寺佐常二尺五寸三分を抜き打ちにして、峯島敏光に突進したのはその直後だ。
おおおっ
と立ち竦む妖怪鳥居の子飼いの配下の腰から肩へと先反の豪剣が抜き上げて、血飛沫が、
ぱあっ
と常夜灯の明かりに浮かんだ。
一瞬にして二人の男女が斃《たお》された。
「おのれ」
先手を取られた剣客たちが動こうとしたときには、影二郎のしなやかな長身が右に左に飛び回り、鏡新明智流の一人に多勢の総がかり、
「大暴れ」
の動きを見せて、一人また一人と斬り伏せ、倒していった。

上州名物の砂混じりの空っ風にも似た大暴れが終わったとき、前橋の高札場の辻におせんら十人が斬り倒されて呻いていた。

影二郎の背後で六太夫が息を飲む音がした。

血振りをくれた佐常を鞘に納めると、おせんの下に歩み寄った。

倒れ伏したおせんの顔だけが捻じ曲がって夜空に向けられ、荒い息をしていた。

「おせん、だれぞそなたの死を知らせる者がいるか」

おせんが歪んだ笑いを浮かべ、痙攣を始めた。

影二郎が首に突き立った唐かんざしを抜くと、
ごぼごぼ
と血が逆流する音がして、
ぱたり
と死の痙攣が止まった。

影二郎は片手拝みに合掌すると六太夫を振り向いた。

「さて、これで若菜の行方がまた分からなくなり申した」

六太夫が頷き、聞いた。

「これからどうなさるな」

「まずは広瀬川にある流れ宿に戻り、今後のことを思案致す」

「それがしは本町筋の旅籠、赤城屋に投宿しておる」

「承知しました。なんぞあれば互いに連絡を取り合いましょうぞ」

高札場の辻で二人は左右に分かれた。

影二郎が広瀬川の土手に出たとき、流れの淵から立ち上がった一人の影があった。

蝮の幸助だ。

影二郎は土手を降りて岸辺にいった。

幸助は道中合羽も三度笠も長脇差さえ持ってなかった。

股引を穿いて縞木綿の単衣の裾を尻端折にしていた。

その単衣も髷も水に濡れていた。そんな格好で竹を一本手にしていた。節を刳《く》り貫《ぬ》いた竹は水中に潜って息をするための道具のようだ。

幸助は水中に潜み隠れては追跡の手を逃れているのだ。

「騒がせてくれたな。八州廻りの中川誠一郎の慌てふためく姿が目に浮かぶようだ」

「南蛮の旦那、中川様は危難になればなるほど氷室の氷のように冷たい目で思案なさるんで。慌てることなどありませんぜ」

「さすがに敵を知っておるな」

蝮の幸助の言動にはどこか余裕があった。

「そなたらが洋制元込め式連発短筒を手に入れたのはほんとのことのようだな」

「これでなんとか当座八州廻りの追跡を振り切ることができます」

幸助は正直に答えた。

やくざ渡世の旅にも携帯できる連発短筒の入手は、このところ股肱の臣を次々に失っていた忠治一家に大きな戦力の回復をもたらしたことになる。

当面の相手は精々先込め式の火縄銃が飛び道具だ。それが忠治一家に雨の心配もすることなく連続射撃ができる短筒十八挺を手に入れたのだ。

追われる忠治一家と追う八州廻りの立場が逆転したとも言えた。

「前橋陣屋も八州廻りも必死でおまえらの行方を探しているぜ」

「南蛮の旦那が賭場を賑わしてくれたってねえ。おれっちの仕事がし易かったわけだ、礼を言うぜ」

「忠治一家のために賭場に行ったんではないわ。若菜の手がかりを求めてのことだ」

頷いた幸助がなにか言いかけたとき、河原に提灯の明かりが下りてきた。

幸助がすいっと河原にしゃがむと流れに身を入れた。

影二郎は身動きひとつせずに明かりが近付いてくるのを待った。

「関東取締出役中川誠一郎様の探索である、かようなところでなにをしておる」

八州廻りの手代が影二郎の背に声をかけた。

影二郎が振り向くと御用聞きを従えた手代が長十手を構えて立っていた。そして、遠く土手上に陣笠の中川誠一郎が見えた。

「尿意を感じたで流れに降りてきたところだ」

影二郎は再び流れを向くと裾を捲って一物を出し、小便を始めた。

その背に舌打ちがして、

「そなた、一人だけか」

とさらに聞いた。

「見てのとおりだ」

影二郎は腰を振って小便の雫を切り、裾を戻すとゆっくりと振り向いた。すると土手から降りてきた中川誠一郎が影二郎の動きを注視して立っていた。

「今晩は二度目にございますな、夏目様」

「騒ぎで賭場がめちゃくちゃにされた。勝った金ばかりか元手の二十五両もふいになった」

「夏目様、忠治一家の無法、ご承知ですな」

「なんでも洋制連発短筒を強奪していったというではないか」

「さすがに早耳でございますな」

「早耳もなにもあれだけ騒げば前橋じゅうが事件を承知よ。だが、不思議なことがある」

「なんでございますな」

「前橋陣屋になぜ鉄砲屋敷がある、さらには洋制の元込め式の連発短筒がなぜ多量にある。幕府が喜びそうな話ではないか」

「さてそれは」

「その上、江戸町奉行の内与力や女密偵が前橋分領をうろついておる」

中川誠一郎は黙り込んだ。

「答えられぬか」

「お役目違いにございますれば」

「そなたの狙いは国定忠治だったな」

「はい」

「ならば他を探せ。見てのとおり、おれ独りだ」

「お邪魔致しました」

中川誠一郎が丁寧に挨拶を返すと河原から引き上げていった。

水音がして、幸助が流れから顔だけを覗かせた。

「まさか、南蛮の旦那の小便をかけられようとは思わなかったぜ」

「命が助かったのだ、有難く思え」

「旦那、一日前の夜明け前、六人の陸尺に担がれた女乗り物が利根川の五料《ごりょう》河岸に向かったそうだ。供は旦那が承知の経徳桜次郎一人だぜ」

蝮の幸助の顔が流れを下流へと下っていった。

「蝮、達者で暮らせ」

「南蛮の旦那もねえ」

遠くから幸助の声が響き、瀬音に掻き消えた。

三

流れ宿《ぐ》では見知った顔が影二郎を迎えた。

「参ったか」

「遅くなりました」

と答えたのは大目付常磐秀信の密偵菱沼喜十郎で、そのかたわらには娘のおこまがいた。

「まさか川越城下からそのまま御用に入られようとは考えもしませんでした」

板の間に迎えた喜十郎が密やかな声で聞いた。菱沼親子は小才次と三人で話し合っていたようだ。

「若菜を拘引《かどわか》した者があってな」

「秀信様からお聞きして驚きました。嵐山の爺様とお婆様にお会いしましたが、えらく心配なされておられました。影二郎様、若菜様の行方、摑めましたか」

とおこまが顔を曇らせたまま聞いた。

「どうやら昨日の内に五料河岸に移されたようだ」

たった今、蝮の幸助からもたらされた情報を告げた。

「ならばこれから五料河岸に向いますか」

おこまが急き込んで言う。立ち上がらんばかりの勢いだ。

影二郎は顔を横に振ると、

「百助爺、濁り酒をくれ。菜は漬物でよい」

と頼むと腰から法城寺佐常を抜いた。

おこまが受け取り、自分たちの荷のところに運んでいった。

板の間の一角に座を占めた四人の下に百助が大徳利と茶碗を四つ運んできた。早速おこまが茶碗に流《ぐ》れ宿名物の濁り酒を注いだ。

「よう参ったな。まずはこの酒を試せ」

影二郎の改めての言葉に菱沼親子が茶碗酒に口をつけ、喜十郎が、

「炎暑の街道を急ぎ旅してきた者には、この冷たさが堪えられませぬな」

と言いながらも直ぐに茶碗を自ら膝元に置いた。

おこまも倣った。

「二人して酒を飲みながら聞け」

と言うと影二郎は濁り酒を飲み干して、舌を潤した。

「ちと騒ぎが錯綜しておる」

と前置きして川越舟で目撃した話から川越での出来事、さらには若菜が拘引《かどわか》された事件と前後に起こった火事騒ぎ、前橋分領へ移動して起こった事件の数々と分領に入り込んでいる江戸南町奉行鳥居耀蔵の支配下の者どもの暗躍、関東取締出役の中川誠一郎と一統の探索、国定忠治一家の面々の密行、さらには川越藩の重臣因幡里美一派などの動きについて語った。

「影二郎様の手紙にて概要は承知しておりましたがこれほどとは……」

喜十郎が絶句した。

「一見事件は複雑だが、だれもが徳丸ヶ原で盗んだ英国製のエンフィールド銃を巡って、その周辺に群がっておる。この騒ぎの背後で糸を操るのは江戸の妖怪どのであろうよ」

「影二郎様、忠治親分がエンフィールド銃に目をくれず、連発短筒を盗んで前橋分領から姿を消したのは確かなことにございますか」

おこまが聞いた。

「つい最前蝮の幸助が置き土産代わりにおれに言い残していったわ。考えれば八州廻りに追われる渡世人が鉄砲担いで旅するわけにもいくまい。短筒なれば懐にも忍ばすことができよう。そいつを強奪したのだ、忠治め、尻に帆かけて利根川を下ったとみえる。目指す先は玉村の主馬のところよ、山王の民五郎の身柄を取り戻すためにな」

影二郎の空になった茶碗におこまが新しく濁り酒を注いだ。

「話を戻すとな、若菜の身とエンフィールド銃の行方は必ずや一緒と思えるのだ。おれが盗まれた銃に迫ったとせよ、その時に妖怪の一味は、若菜をおれの前に晒してくるはずだ」

「影二郎様は幸助さんがもたらした情報が不確かだと申されるので」

「そうではない。エンフィールド銃がどこにあるか、気になるだけだ」

「ならば明朝からわれら総力を挙げてエンフィールド銃の行方を突き止めます」

と喜十郎が言った。

「喜十郎、江戸ではなんぞ動きがあるか」

「鳥居様が反撃に出られて、鉄砲紛失は高島秋帆どのの鉄砲管理不行き届きと主張なされ、それを理由に高島様を糾弾なされておられるということです」

「まさに盗人猛々しいとはこのことよ。鉄砲の管理は妖怪の配下ではないか、それが盗み出しておいて、演習に大忙しの高島秋帆どのに罪を負わせようとは許せぬ所業よ」

「私が秀信様に呼ばれて、前橋行きの御用を命じられたとき、秀信様はなんとしても秋帆無実の証拠を探して参れと厳命なされました」

と答えた喜十郎がおこまに合図をした。するとおこまが帯の間に隠し持っていた常磐秀信の書状を出した。

「父上の手紙、読ませて頂こう」

影二郎が受け取り、封を披いた。

〈夏目瑛二郎殿、若菜が拘引《かどわか》されたとの知らせ、驚愕致し候。また徳丸ヶ原の事件と絡みおるとの事、間の悪さに困惑しおり候。

江戸の情勢をそなたに伝え申す。

本日、城中にて老中に就任が内定なされた松代藩主真田信濃守幸貫様に呼ばれ、会談致し候。

その折、幸貫様は先の徳丸ヶ原の鉄砲紛失、内部事情に詳しき者どもの犯行明白也。高島秋帆の罪咎はなし。名は上げられぬものの鉄砲を管理の者たちの近辺に紛失の手引きをした者があらん。

日本の国情多難な折、高島秋帆の知識と技量と異人との人脈、何者にも代え難し。

それがし、此度の老中就任に際し、海防掛の担当を拝命することに内定せり。

異国列強の蒸気軍艦がしばしばわが海域で見かけられる折、高島秋帆の技術を短期間に習得し、大砲、鉄砲を大量に生産することはわが国の焦眉の急也、城中で派閥争い、猟官運動に憂き身を窶《やつ》す暇なきは明白也。

なんとしても徳丸ヶ原の最新式輸入鉄砲の紛失の真相を探り出し、当のエンフィールド銃を回収する事が肝要、急務也。

聞けば秀信殿の血筋に探索老練の者がありとか、是非とも事件解決に奔走されん事をと督励を受けたり。

無論幸貫様の考え、水野忠邦様の意向を映しての事に候。

瑛二郎、若菜の拘引にそなたの心も千々乱れておろうかと推察致せしが国難到来の時期、なんとか事件解明と鳥居耀蔵の暗躍の証拠を摑まれんことを切に願い候。

嵐山の添太郎、いく夫婦の消沈底なしの谷の如し。じゃが老夫婦回復の特効薬は偏《ひとえ》に若菜の身柄奪還にてそれはまた事件の解決に繋がらん。

健闘を祈る。　秀信〉

と都合のよき手紙であった。

だが、長き無役を託《かこ》っていた秀信が御し易しと勘定奉行に登用され、なんとかその職を全うして大目付に転じ、今明白に内部の敵は南町奉行鳥居耀蔵にありと名指しした態度に影二郎は瞠目した。

（父はおれの知らぬところで大きくお変わりになったのかも知れぬ）

影二郎はそう思いつつ、手紙を懐に入れた。

「新しき命はない。エンフィールド銃の回収と盗難事件の真相解明がわれらの仕事である」

「影二郎様、明日よりの探索、われら親子にお任せ下され。小才次を道案内に必死の調べを致します」

と喜十郎が言った。

おこまも頷く。

親子は探索に乗り遅れたことを悔い、なんとか初動の遅れを挽回しようと申し出ていた。

「喜十郎、おこま、頼もう」

影二郎は素直に気持ちを受けた。


翌朝、影二郎が百助爺の流れ宿で目を覚ましたのは五つ半（午前九時）の頃合だ。すでに泊まり客たちは流れ宿を出払い、菱沼親子も小才次の姿も見えなかった。

眠っていただけでじっとりと汗を掻いていた。

影二郎は真新しい下帯と手拭を提げると広瀬川の岸辺にいった。

そこは流れ宿の連中が炊事から水浴、時には洗濯までも行う水場だ。

百助爺が鍋を洗っていた。

水場には柿の木が一本立ち、茂った葉が濃い日陰を作っていた。洪水のときに上流から流れてきた柿の若木がかつてにこの地で根を張り、育ったのだろう。

今日も前橋分領は暑くなりそうで、白熱した陽光が散っていた。

日陰にはあかが憩っていた。

「あか、そなたは留守を命じられたか」

影二郎の言葉に百助爺が振り向き、

「よう休まれたのう。小才次さんがよ、犬は照り返しが人よりもきついで、日中は休んでおれと残されただ」

と説明した。

「そうであったか。上州の暑さは尋常ではないからな」

「他国の人はそう言われるがな、われらはこの暑さがないと夏が来た気がしませんのじゃあ」

「そういうものか」

影二郎は浴衣を脱ぐと褌一丁で流れに身を浸した。

「ふうっ」

と息を衝く影二郎に、

「浪人さん、今日はどうなされるな」

「朋輩《ほうばい》が戻ってくるのを待つ」

「ならば昼にうめえうどんでも打って進ぜようかのう」

「そいつは楽しみな」

影二郎は汗を流すと新しい下帯に替えた。

「浪人さん、汚れものがあるならば河原においておきなせえ、あとで洗っておくでな」

映った。

「頼もう」

さっぱりとした影二郎の目に内海六太夫が矍鑠《かくしゃく》とした歩き方で河原に降りてくるのが映じた。

「客人が参った」

影二郎の言葉に百助が目を上げ、早々に流れ宿に入っていった。六太夫は隠居の身だが、かつては、川越藩の重臣の一人だ。

その影に百助が怯えたか。

河原を勝手に使う百助たちにとって藩のお偉方は厄介な存在だった。

「かような宿が河原にあるとは聞いていたが、ほんとうにあるものか」

六太夫の額にうっすらと汗が光っていた。

「私にとっては馴染みの宿、気楽でしてな」

と答えた影二郎だが、流れ宿を利用する門付け芸人、行商、渡り職人、お遍路、六十六部たちの情報はお上がお達しする以前に流れて、素早かった。

日陰を歩き、商う人間たちにとって半刻でも早く川留めの情報に接することが死活の問題だからだ。同時に泊り客の半数が旅の人間、飛脚を使えないときなど浅草弾左衛門を経由して、素早く手紙を届けることも可能だった。だが、川越藩の重臣だった六太夫の目に

は、

「ただ安直な小屋」

としか映るまい。

六太夫の顔が緊張に引き締まった。

「夏目どの、昨夜、会った清村より当方に知らせありて、川越と江戸に急使を立てたそうにござる。ところが川越に向った清村の若党が利根川の河原で惨殺されて発見された」

「なんと。因幡派の仕業にござろうな」

「その他には考えられぬ」

「江戸の使いは大事ないですか」

「清村朝之助という男、用心深い気性でな、川越にも江戸にも二人の使いを別行させたそうにござる」

「さすがに六太夫様のご配下」

「なあに昔の話だ。ともあれ、四人のうち三人は因幡の見張りを掻い潜って使いを果たしておる」

「それはようございました」

「前橋陣屋は今朝も大騒ぎでな、清村がいうには鉄砲屋敷を再びどこぞに移すのではない

かという動きが見られるとのことだ」

「すでに八州廻りの中川誠一郎は前橋分領の異状を承知ですからな」

「いや、国定忠治が目当ての八州廻りより大目付の密偵どのに知られたのが予測外のことであろう」

六太夫が影二郎を見た。

影二郎はその視線をにこやかに受け止め、言った。

「父から手紙を受け取りました」

「別命ですかな」

六太夫の顔に新たな不安が走った。

「内海様には正直申しておこう。エンフィールド銃十挺の回収と徳丸ヶ原の盗難事件の真相解明の二つにござる。此度老中海防掛に就任なさる松代藩主真田幸貫様から直々に内命があったとのことにございます」

「城中では鳥居様の仕業と薄々感づいておられますので」

「妖怪が相手です。口には出されませぬが、さように考えておられる方が城中にも多いということでしょう」

「幕閣では鳥居様が当家の因幡と結びついておると承知にござろうか」

「紛失した鉄砲が川越藩の新鉄砲屋敷、さらには前橋分領に運ばれてきた事実を鑑みれば、当然なんらかのつながりはと推量されましょう。じゃが、直にその関わりを追うのは夏目影二郎一人《いちにん》にござる」

「われらが川越で話し合ったこと未だ生きておりますな」

「川越藩上げて妖怪どのと手を結んだというのであれば、松平斉典様、川越藩のお咎めも致し方なし。ですが、因幡のような腹黒い人間はどこにもおること、因幡一族の罪明らかなれば、川越藩にて内々にご処分なされればよきことにござる」

「夏目どの、このとおりにござる」

六太夫が頭を下げた。

「内海様、互いに礼など無用にござろう。またまだわれら事の真相を摑んでもおらぬ、それに紛失した銃器と弾丸の行く末も把握しておらぬ」

「夏目どの、それがし、その昔、この地にて元〆代官を務めた身です。未だ昵懇の家臣もあれば、知り合いもある。陣屋の動きを内偵させておるが、鉄砲屋敷の移転の話がある一方で、鉄砲鍛冶国友宇平は未だ前橋陣屋の鉄砲屋敷におる。ということは徳丸ヶ原で盗まれた洋制鉄砲はいまだ前橋分領内にあるのではあるまいか」

「いかにも考えられることです」

百助爺が縁のかけた盆に茶碗を二つ載せてきた。

「口に合うかどうかしんねえども」

ぼそぼそと言い訳したのは濁り酒を運んできたせいだ。

「百助爺、自慢の酒でな、賞味して下され」

影二郎の勧めに六太夫が茶碗を受け取り、一口飲んで、

「美味い、これはなかなかの風味だぞ」

と莞爾《かんじ》としたものが浮かんだ。

百助爺が声もなく笑った。

「ごゆっくりしてくだせえ」

「馳走になる」

二人は広瀬川の流れの縁でしばし濁り酒を飲んだ。

「こうしておると夏目どのが、流れ宿《ぐ》は気楽といわれる言葉がよう分かり申す」

六太夫が、
きゅうっ
と最後の一口を呑み、

「若菜様のことです」

と話題を転じた。

「前橋じゅうを探させております。だが、今のところ若菜どのが匿われているという形跡がござらぬ。養行寺の蔵に押し込められていたのは事実でしょう。だが、その後、前橋分領からどこぞに連れ去られたのではございませぬか」

「一昨夜、五料河岸に女乗り物が向ったという話がございます」

「五料河岸か。利根川を舟で下ったとなると厄介だな」

利根川は関八州を貫流する大河だ、もしその舟に若菜が乗せられたとしたら、江戸を含めて広大な区域に捜索の範囲が拡大することを意味した。

「ともあれ、前橋領内をいま少し精査させまする」

「内海様、お願い申す」

六太夫が茶碗を影二郎に渡し、馳走になったと再び礼を述べて河原から姿を消した。

四

昼餉にと百助爺が打ったうどんは、影二郎が想像をしていたものとは全く掛けはなれていた。

田舎蕎麦のように黒味があるうどんは、影二郎の人指し指ほどの大きさで、それが一本に繋がった様はなんとも豪快だった。

沸騰した湯が入った大釜で茹でられた太うどんを大ざるでとりあげ、広瀬川の流れで晒した。

「太うどんは外が似合います」

と百助が言い、先ほどまで内海六太夫がいた河原の柿の木の下で食べることになった。

広瀬川の流れで晒され、大ざるに盛り上げられた太うどんは見るからに豪快だった。

それを適当の長さに切って丼に盛り上げ、薬味に葱をたっぷりかけて、百助爺自慢の冷たいたれをかけた。

「見た目は悪いがよ、一味唐辛子をかけて食べるとこやつのほんとの味が分かるだ」

「頂戴しよう」

影二郎が丼を抱えるとあかが啞然として見ていた。犬の目にも異な食べ物と映るのだろうか。

一味唐辛子をかけて太うどんを箸で摑んだ。なかなか摑みづらかったが一旦口に入れるとうどんのほうから、
するりするり

と喉に落ちていった。

太いうどんはもそもそするのではと思ったがさに非ず、秘伝のたれがからまったうどんはなんともしこしことして美味で、力強かった。そして薬味の葱と一味唐辛子が太うどんの素直な風味をきっちりと引き締めていた。

「百助爺、これでこそ上州の夏を乗り切れるな、何杯でもいけるぞ」

影二郎はあっという間に最初の太うどんを胃に納めていた。

「好きなだけ食べなせえよ」

影二郎は三杯の太うどんを食して箸を置いた。

「残ったうどんはよ、夕餉の雑炊に入れるだ。これはこれで美味しいぞ」

昼餉を終えたが菱沼喜十郎とおこまの親子に小才次が戻ってくる様子はなかった。

昼下がりの刻限がゆるゆると広瀬川の河原に流れていく。

中天には相変わらず強い日差しを放つお天道様が居座っていた。

百助爺に、

「砥石《といし》はあるか」

と聞くと、

「菜切り包丁を研ぐときに使う砥石があるがよ」

という答えだった。

影二郎に届けられた砥石は中砥とよばれるものだ。

影二郎はその砥石を流れの淵に固定させて、唐かんざしの両刃を研いだ。丹念に丁寧に研ぎながら、時が過ぎるのを待った。

唐かんざしを研ぎ上げ、ついでに流れ宿の刃物を二本研磨した。

だが、だれも流れ宿に戻ってくる者はいなかった。

陽光が西に傾き、最初の客が河原に姿を見せた。

江戸に公事《くじ》にいき、その帰りという子持《こもち》村の百姓二人連れだ。

「ああ、気持ちがええ」

「伍平《ごへい》、日中の暑さが嘘のようじゃあ」

流れに半身を浸した二人は言い合った。

「道中、なんぞ噂を聞かなかったか」

影二郎が二人に声をかけると、

「噂とはどんなことだね、浪人さん」

と聞き、

「ははあん、稼ぎ仕事を探しているだねえ」

と独り合点した百姓の一人が、

「玉村の主馬親分が腕の立つ助っ人を集めているという話だ。なんでもよ、国定忠治親分に賭場を荒らされたとかでよ、忠治親分を付狙っているというぞ。命あっての物種だが稼ぐには稼げよう」

「主馬は玉村に戻ったか」

「手勢を集めて忠治親分と一統を狩り出すのだと、まるで八州様になったような力みようだ」

「賭場の恨みか」

玉村にはすでに忠治一家が潜入しているはずだ。

「いいんや、主馬の親分は忠治親分を叩いて上州の渡世人の頭になりたいだ。賭場の恨みだけではねえ、これまでも互いの子分衆がとっ捕まって斬り殺されているからな」

公事帰りの百姓が答えたところに玉すだれを芸に飴を売り歩く手遊び売りが戻ってきた。日中、前橋の町を商いしていたという。

手遊び売りの男は流れに足を浸して、

「極楽極楽」

と呟いた。

「飴売り屋さん、商いになったかねえ」

流れからようやく身を上げた百姓の一人が聞いた。

「この暑さだ、売れるものか。元手も出やしないよ」

とぼやいた。

流れに両手を差し入れて水を掬った飴売りが顔とうなじを水でぴちゃぴちゃと濡らし、

「ああ、気持ちがええ」

と安堵の声を洩らした。

「ああ、そうそうなんでもよ、陣屋の鉄砲屋敷で鉄砲の試しが行われるというぞ」

「鉄砲の試しでは人は集まらねえな」

と百姓が飴売りの商いを案じた。

「侍のやることが商いになるものか。六尺棒で寄るな寄るなと追い払われるが関の山だ」

「飴屋、鉄砲の試しはいつだな」

影二郎の問いに顔を回して影二郎を見た飴屋が、

「旦那、それが今晩というぞ、俗に闇夜に鉄砲というが夜鉄砲撃っても的に当たるまいがねえ」

飴売りの感想だった。

流《ぐ》れ宿に旅の者たちが一人ふたりとやってきては、影二郎とあかが陣取る河原の水場で汗を流した。

暑くて長い一日がようやく終わりを告げようとしていた。

夜の帳が下りる前に西空が真っ赤に燃えた。その赤い夕焼けが濁った赤へと変わる頃、小才次が一人戻ってきた。

あかが吼えて、流れ宿に向かいかけた小才次が水場へと方向を変えた。

「ご苦労だったな、まず、汗を流せ」

「お言葉に甘えまして」

草履を脱ぎ、単衣の裾を捲くった小才次が流れに両足を浸して、

「生き返った」

と呟いた。

「この暑さに菱沼親子は頑張っておるな」

「菱沼様もおこま様も探索に乗り遅れたと必死にございます」

「そなただけが戻ってきたというはなんぞあってのことか」

「影二郎様、陣屋の射撃場で鉄砲の試し撃ちが行われる話にございます」

「先ほど飴売りから聞いた。それも夜間の試しというではないか」

「お聞きでしたか。おこま様が前橋陣屋の役人から仕入れた話によると、新式鉄砲の試しにございますそうな」

「なにっ、国友宇平は早やエンフィールド銃の複製を造り上げたか」

「陣屋の役人はそこまで詳しくは知らぬようですが、諸々の情報を考えますにまず徳丸ヶ原で盗まれた銃の複製銃かと考えられます」

「ならば見物に行かざるをえぬな。その前に……」

影二郎は今後の行動を記した手紙を赤城屋に投宿するという内海六太夫に宛てて書き上げた。

「小才次、おれの勘ではもはやこの流れ宿には戻ることはあるまい。百助に旅籠賃と濁り酒の飲み代を渡してこい。そして、この手紙を内海様に届けてくれと申せ」

影二郎は手紙と二両を渡した。

朝方から神輿を据えていた河原の水場から立ち上がった。

一文字笠を被り、法城寺佐常を差せば、仕度はなった。

支払いを済ませた小才次が百助爺と姿を見せた。百助爺の手には手紙が、小才次の手には自分の振り分けと影二郎の南蛮外衣があった。

「お侍、いくだか」

「潮時だ」

「すでに法外なお代を頂いておりますよ。重ね重ねすまぬこって」

「釣銭があらば、暑気払いにそなた自慢の濁り酒を客に振舞ってくれ」

「夏じゅう、ただ酒ができるよ。この手紙は早速赤城屋に届けるだ」

頷いた影二郎が、

「百助、縁あらばまた会おう」

「浅草の親方によろしく伝えてくんな」

「承知した」

二人とあかは百助に見送られて広瀬川の河原から町へと戻った。

「喜十郎とおこまとはどこで落ち合うな」

「六つ半の頃合、高札場でという約定《やくじょう》にございます」

風もない通りをいくと涼やかな声が響いてきた。

「東西東西、前橋分領のご住人の皆様、江戸は浅草奥山の芸人、水嵐亭おこまの水芸にございます。上州はかかあ天下と空っ風、ついでにこの猛暑が名物なそうな。六つ半を過ぎようというのにどっかりと暑さが居座っております。どうか皆様、夜風が吹くまでの一時《いっとき》の暑気払い、水も流れぬ前橋の町屋の辻にあら、不思議やな、利根の流れが噴き上がりましたら、ご喝采……」

独り水芸を得意にするおこまの口上だ。

あかがおこまの声を聞いて走っていった。

「それそれそれそれ、まずは白扇から一筋二筋三筋と水煙が立ち昇りましたらお慰み……」

高札場の辻に大勢の人が群れていた。

その見物の人々の背が左右に揺れて、
どうっ
というどよめきが上がった。そして、重なる頭の上に水煙が数筋立ち上がった。

「利根の流れは関八州を流れ流れて、大海へと流れこみますが、ほれ、今宵は前橋の町にお立ち寄り!」

というおこまの声とともに三味線が賑やかに掻き鳴らされて、辻を囲む商家の軒先や屋根から水煙が次々に噴き上がり、さらにおおきな歓声が沸き起った。

「おこまの水芸は一座を率いる者の芸だな」

久しぶりに聞くおこまの口上に影二郎が感に堪えぬ言葉を吐いた。

辻の見物たちは水飛沫に濡れるのも構わず、おこまの妙技に拍手し、賞賛の叫びを上げ、投げ銭をおこまの足元に投げた。

影二郎らが人垣の外に佇んでいるとすいっと喜十郎が姿を見せた。

「ご苦労だったな」

「試しは半刻後に始まるそうにございます」

「ただの試しか」

「徳丸ヶ原で紛失した本物の銃と複製銃の試し比べと聞いております」

「さすがに鉄砲鍛冶国友宇平、短期間のうちにようも複製を鍛え上げたものよ」

「一号鉄砲が成功となれば、鉄砲屋敷の陣容を整備次第に大量の銃の製作が可能になります」

「川越藩は一気に戦力を増すな」

「さよう」

「だが、やつらは川越藩のために新式鉄砲エンフィールドを盗み、複製するのではあるまい。鳥居耀蔵め、なにに使うつもりか」

「どうなさいますな」

「苦心の作の試しだ、敬意を表しに参ろうか」

と影二郎がいったとき、一段と高い歓声が辻に響いて、おこまの独り水芸は終わりを告げた。

見ればいつの間にか小才次とあかが見物の銭集めを買って出ていたらしく、あかの足元にはおこまの編笠があって、尻尾を振って客に催促していた。

見物の衆が見物料を支払い、辻から散った。

人が消えた辻の地面は水に濡れて、涼風が吹き抜けていた。

手早く撤収の仕度を終えたおこまは最後に、

「浅草奥山名物独り水芸
水嵐亭おこま」

と書かれた幟を竹竿に巻き付けた。

それを確かめた影二郎と喜十郎は鉄砲屋敷の射撃場が見下ろせる二の丸の石垣跡へと足を向けた。

四半刻後、石垣に茂った夏草に身を潜めた影二郎ら四人とあかは篝火《かがりび》が明々と焚かれた旧厩橋城三の丸に造られた鉄砲の射撃場を見下ろしていた。距離は四十余間ほどあろうか。

影二郎らの潜む二の丸から射撃場を横手に見ることになる。馴染みの場所で様子は分かっていた。

鉄砲陣屋から今しも試し銃を担いだ射撃手たち五人が姿を見せた。さらに別の五人組が従ってきた。

前橋藩の陣屋役人、それに鳥居耀蔵支配下の者たちが射撃手の後方の床机《しょうぎ》に控えた。

陣笠を被った前橋藩の家臣らが命を下した。

「第一組、射撃用意！」

三十間先の的に向かい合うように立ち、徳丸ヶ原で盗まれたエンフィールド銃を構えた一組目の射撃隊だ。

「影二郎様、二組目が複製銃だとすると国友宇平は五挺の銃を一度に造ったということですか」

「そういうことになるかのう」

全員が注視する中、

「撃ち方始め！」

の命が下った。

五挺のエンフィールド銃が轟然と銃声を響かせ、三十間先の的の周辺に集弾した。

命中精度は驚くべきものがあった。有効射程にはまだ余裕があるように見分けられた。

続いて、

「連続射撃始め！」

再び命が下り、五人の射撃手たちは三発を瞬時で撃つ試しを終えた。今度も着弾は的の周辺で、なかには三発ともに的を射破ったものがいた。

射撃場に沈黙がしばし支配した。西洋の銃の性能の凄さに沈黙を強いられたのだ。

「第二組交替！」

交替した射撃手が持つ銃の銃床は白木で、遠目にも複製銃であることは一目瞭然だった。

単発射撃の命が下され、五挺の複製銃の銃口が火を噴いた。

着弾は的の周りで、精度はほんもののエンフィールド銃よりも明らかに劣った。だが、
三十間の射程を悠々とこなす性能は、鉄砲鍛冶国友宇平の才能の片鱗《へんりん》を見せてくれた。

見物する白衣姿の宇平が何事か射撃手たちに声をかけた。

命中精度の調整が行われ、再び五挺の銃口が的を狙った。

「連続射撃用意！」

の声に続いて、

「射撃始め！」

の声が響いた。

三弾連続射撃の銃声が三の丸に木霊《こだま》した。

その瞬間、五挺のうち、三挺の銃身と銃床の付近から火花が散って破裂し、射撃手たちが吹き飛んで倒れた。

「なんと」

喜十郎の驚きの声がした。

射撃手たちは五人ともが地面に倒れ伏し、血塗れで転がり回っていた。

銃身の鍛造強度が不足していたか、エンフィールド銃の銃弾の装填薬の爆発に耐えられなく吹っ飛んだのだ。

国友宇平が流血の現場へと走り、転がり苦しむ弟子たちを呆然と見詰めていた。

「影二郎様、かたちばかりを似せてもその性能までは写しかえられませぬな」

「一朝一夕で物事がなるものか。宇平にはよき薬になったであろう」

影二郎が立ち上がったとき、射撃場で新たな展開が始まろうとしていた。

血塗れの射撃手たちに代わり、再び第一組の射撃手たちが出てきた。

「なにを始める気で」

的場に人影が見えた。

「あっ、若菜が……」

と驚きの声を発した影二郎が二の丸の石垣の崩壊した斜面を辿り、射撃場へと走り下っていった。

あかが影二郎を追って続いた。

「若菜様か」

喜十郎が若菜とおぼしき女を遠目で確かめた。

女は白い布で目隠しをされていた。

「妖怪の手下どもめ、若菜様をエンフィールド銃の的にする気か！」

おこまが背に負った荷を降ろすと阿米利加《アメリカ》製輪胴式古留戸《コルト》連発短筒を出した。

この短筒は影二郎が、

「短筒《つつもたせ》の礼五郎」

という渡世人と勝負して得た飛び道具で、道雪派の弓の達人の菱沼喜十郎の血を引くおこまに、

「そなたには喜十郎の血が流れておる。弓も短筒も同じ飛び道具だ、使いこなしてみよ」

と与えたものだ。

おこまは外国製の重い連発短筒を両手撃ちという技で自分のものにしていた。

小才次もすでに懐から此度の御用旅で得た元込め式連発短筒を出していた。

「影二郎様と若菜様を殺してはならぬ！」

喜十郎が叫んで二人に命じた。

三人は石垣の崩落箇所に飛び降りて走った。

先行して走る影二郎は射撃手たちが銃を構えたのを見た。

的場に視線を移すと江戸小紋を着た若菜が白布に目隠しされて縛られているのが見えた。

それは川越で拘引《かどわか》されたとき、若菜が着ていたものだ。

「待て、卑怯者が！」

影二郎が叫んだ直後、五挺の銃が火を噴き、悲鳴が夜空に響いた。

影二郎の目に若菜の体がくねくねと撥ねて、ぐったりと頭を垂れた。

さらに銃口が影二郎に向けられ、引き金が引かれた。

影二郎は二の丸の土台石の蔭に飛び込んで身を潜めた。

「おのれ」

若菜が無残にも撃ち殺されたのを見て、影二郎の気持ちは、
すうっ
と鎮まり、冷静さを取り戻していた。

(鳥居耀蔵であれ、だれであれ、若菜に死を与えた者は許さぬ)

銃弾が土台石に当たって切片を飛ばした。

影二郎は肩にかけていた南蛮外衣を手に立ち上がろうとした。

その瞬間、エンフィールド銃とは明らかに異なる銃声が響き、射撃手たちが一人二人と倒されて、残った射撃手たちも一旦後方へと下がっていった。さらに小才次の声が響いた。的場からだ。

「影二郎様、若菜様ではありませんぞ!」

あかが吼える声も響いた。そして、菱沼喜十郎が、

「影二郎様、今宵は一旦退却致しませぬか!」

と許しを乞う声がして、

「よかろう、退却致す」

と影二郎の声が応じて戦いの場から下がっていった。

第五話　決闘足尾廃鉱

一

蟬時雨が鳴き止んだ夕暮れの刻限、連取村《つなとり》の大百姓で質屋業の看板も持った丹左衛門《たんざえもん》方に三人の渡世人が訪れた。この暑さだというのに縞の合羽をきっちりと羽織り、三度笠の紐を顎に堅く結んでいた。

客との知らせに丹左衛門が応対に出てみると笠の下からぎらぎらと血走った両眼が睨んだ。

丹左衛門は思わず上がり框《かまち》で立ち竦んだ。

男の一人が道中合羽の下から油紙に包まれた壺のようなものを差し出し、

「銭を貸してくれ」

とぶっきらぼうに言った。

兄貴分のようだった。

「預かりものはなんでございましょうかな」

「生首だ」

「はっ、なんでございますな」

丹左衛門は相手がぼそりと言った言葉が聞き取れず、聞き返した。

「生首だと言ったんだ、丹左衛門」

油紙の包みが、
ぐしゃり
と上がり框に置かれた。すると包みから生臭い血の匂いが土間から奥座敷へと漂っていった。

「ご、ご冗談を」

「丹左衛門、おまえは忠治に質草も取らずに金を貸し与えたそうだな」

「あ、あれは天保七年の大飢饉のあとにございました。餓えに苦しむ百姓衆に配られる金子と聞いて、用立てたものです」

「おめえはかりにもお上から許され、質屋の看板を上げた商売人だ。それが質草もなく金子を関所破りの大罪人に貸し与えるか」

「そ、それは」

と言葉に窮する丹左衛門に生首と称した油紙の包みを持ち込んだ兄貴株が、
どたり
と上がり框に腰を下ろし、股の間に長脇差を立て、睨んだ。

「こいつは正真正銘の生首だ。そいつも国定忠治の子分の一人、山王の民五郎の首だぜ。忠治が泣いて喜ぼうというもんだ」

「客人はどちらさんで」

「玉村宿の主馬親分の身内だ」

と答えた兄貴分が、

「この場で品を調べるか」

と聞いた。

「め、滅相もございません」

「ならば切餅一つで預かってくんな」

「二十五両などという大金、持ち合わせがございませぬ」

やくざ渡世の盛んな上州の質屋だ、丹左衛門も必死で抵抗を試みた。

「丹左衛門、生首が質草というに駆け引きしようというのか」

兄貴分が黙って立つ弟分に顎を振った。するとその一人が土足で上がり框から玄関座敷に飛び上がり、帳場格子のかたわらに置かれた行灯を摑んだ。

「な、なにをなさろうというので」

「この家屋敷そっくり灰にしてもいいのだぜ」

「そ、そんな」

丹左衛門は立ち上がろうとしたが腰が抜けていた。

這い蹲《つくば》って帳場格子までいくと机の下に隠した銭箱に手を突っ込み、十五両の小判を鷲づかみにした。

「どうかこれでご勘弁を」

「質草が民五郎の薄汚い首じゃあ、せいぜい高く踏んでもそんなものか」

兄貴分があっさりと十五両を丹左衛門の手から奪い取ると、懐にねじ込んだ。

「邪魔をしたな」

「お客人、質草はお持ちください」

「丹左衛門、おれたちは忠治一家の野郎とは違うぜ。きっちり質草はおめえに預けておこうか」

そう言い残した三人は薄闇と変わった表へと悠然と出ていった。

山王の民五郎が玉村宿近くに立ち寄ると知った主馬は藤助《ふじすけ》、徳造《とくぞう》、そして和吉《かずきち》の三人の子分を引き連れて民五郎を襲い、補囚にしていた。膾《なます》に切り刻んで殺した上に生首を子分の三人に丹左衛門方に持ち込ませたのだ。

前橋陣屋の熊野神社で開かれた大賭場の夜、忠治が鉄砲屋敷を襲った騒ぎで賭場が中止になった腹いせだ。忠治がこの報に錯乱して、玉村宿に押しかければよし、その時は八州様と合同で押し包むつもりだった。

当然、民五郎が惨殺され、生首が十五両で質屋に持ち込まれた一件は忠治の知るところとなった。

「おのれ、主馬め、あやつの生き胆をこの手で引き千切ってやろうかえ」

忠治の憤怒は血の涙さえ流しかねないばかりで、この事件をきっかけに上州一の博徒の名をかけた国定忠治と玉村の主馬の戦いは最後の局面に突入していく。

夏目影二郎一行はこの山王民五郎の生首入質の一件を利根川の五料河岸で知ることとなった。

昼下がり、前橋宿を出た一行は利根川沿いに玉村まで下ってきたところだ。

船着場には前橋陣屋の五料関所があって、往来する人や荷を調べていた。舟が着くたびに船着場に人込みが出来て、しばらくするとまた閑散とした河原に戻った。河岸近くには高清《たかせい》の名で呼ばれる船問屋の高橋清兵衛の豪壮な屋敷があって、石垣を積んだ川べりには何艘もの荷船が止まっていた。

今日もぎらぎらした太陽が中天にあった。

暑さに抗して鳴く蟬の声も体の中から搾り出すような声だった。

那波郡五料村の五料河岸は川井河岸、新河岸、靭負河岸などとともに利根川中流の舟運の要衝であった。

影二郎は荷が上げ下ろしされる船着場を見下ろす茶店の縁台に腰を据えていた。

その足元にはあかが寝そべっていた。

若菜の痕跡を感じないのか、あかも動こうとはしなかった。

河岸の界隈に散って聞き込みに廻っていた菱沼親子と小才次のうち、水芸人の格好をしたおこまが足早に戻ってきて民五郎の悲劇を告げたのだ。

「主馬め、そこまで忠治を威嚇しおるか」

天保の飢饉に悩む上州一円では未だ国定忠治の名は、

「悪政と腐敗に立ち向かう義賊」

であり、一方主馬は、お上の先棒を担ぐ、

「渡世人の風上にもおけねえ半端者」

だった。

忠治がなんとか八州廻りの中川誠一郎らの追及を逃れられているのは民衆が味方についているからであり、それを追う主馬には八州廻りの後ろ楯があった。

戦いは五分と五分、予断は許されなかった。

「忠治親分はどうなされますかねえ」

「手負いの忠治が十数挺の洋制連発短筒を手に入れたのだ。主馬を襲って、民五郎の敵を討つくらい造作もあるまい。だが、間違いなく主馬の近くには中川誠一郎が網を張って待ち受けておるわ」

「忠治親分は承知しておられますね」

「頭に血が昇って主馬を襲うくらいなら、忠治の運もそれまでだ。それに洋制短筒を強奪したのは主馬を倒すためではなかろう。主馬に短筒の銃口を向けて襲うほど忠治は馬鹿ではあるまい」

と影二郎は忠治が時節を待つことを推測した。それはこれまで縁を重ねてきた影二郎やおこまの願望でもあった。

「その様子では民五郎の一件承知ですな」

と額に汗を光らせた菱沼喜十郎が茶店に戻ってきた。

頷く影二郎に話題を転じた。

「数日前、確かに女乗り物がこの五料河岸を通過しております。随行は一人、着流しの痩身の侍であったそうな」

「おそらく経徳桜次郎であろう。女乗り物は舟に乗せられたか」

「はい。夕暮れの刻限、舟に乗せられました。ところがこの舟、河岸に関わる舟ではなく、この女乗り物を待っていたものだそうで、河岸の人間は前橋陣屋が用意したものと申しております」

「行き先はどうか」

「それが夕闇に紛れるように下流へと下っていったそうで、以来、その舟がこの河岸で見かけられたことはありません」

五料河岸の半里の上で利根川は藤川と合流し、さらに半里ほど下流の本庄《ほんじょう》外れで武州と野州境を流れる烏川を飲み込んだ。

大河となった利根川の両岸には河岸が無数にあり、また流れに並行し、交差して街道が何本も走っていた。

若菜が舟に乗せられた日から時が経《た》ち過ぎていた。

そこへ小才次が戻ってきて、顔を横に振った。

「さて、どちらに足を向けたものか」

影二郎らはしばし思案に暮れた。

「お侍は夏目影二郎さまだか」

背に菰包みを振り分けた荷馬を引いた馬方が土手から上がってきて聞いた。

「いかにもそれがしが夏目影二郎だが」

「文を預かってきやした」

と汗臭そうな腹掛けから結び文を差し出した。

「そなた、どちらから参ったな」

「木崎《きざき》を出てよ、五料河岸で荷を降ろし、戻り荷積んで帰るところだ」

「造作をかけたな」

おこまが馬方に酒代を握らせた。

「姉さん、もう使い賃は貰っただ」

「ほんのお茶代さね。断られるとこっちが恥ずかしいよ」

「姉さん、すまねえ」

押し問答の末に茶代を受け取った馬方が問屋場に向っていった。

「だれからにございましょうな」

喜十郎が顔に期待を込めて聞いた。

「さてだれか」

結ぶ文を披くと短く、

〈南蛮の旦那　貧乏神を背に負った侍一人が従う女乗り物、陸尺六人に担がれて木崎宿を抜け日光例幣使道を東に向ったそうだぜ　蝮〉

とあった。

「幸助から文だ」

影二郎は意外と達筆な幸助の文を喜十郎に回した。文が喜十郎からおこまへ、おこまから小才次に回された。

「どう思う」

「さて若菜様をどちらに運ぼうというのか、見当も付きませぬ」

「妖怪鳥居の手先になった北辰一刀流の剣客が考えることだ、推測してもどうにもなるまい」

「影二郎様、幸助さんの言葉を信じて木崎宿に参りましょう」

おこまが提案し、小才次も賛意を示して首肯した。

「幸助の知らせだ。十中、八、九間違いあるまい。だが、今一つ気がかりがある」

「なんでございますな」

「鉄砲鍛冶国友宇平め、最初の複製エンフィールド銃の試しに失敗しおったわ。あやつらがどうしておるか」

「影二郎様、鉄砲の行方も大事にございますが、今は若菜様の身を奪い返すことが先決にございます」

おこまが言い切った。

「おこま、鳥居め、なぜ若菜を拘引《かどわか》しおった。おれを痛めつけるためか、それだけではあるまい」

「盗み出したエンフィールド銃を影二郎様に奪い返されないために若菜様の身柄を預かったと申されるのですね」

「さよう、おれに奪還されぬよう若菜を手元に置いておこうとの考えからだ。となると若菜の身柄、エンフィールド銃の近くにおいておくべきではないか」

「あるいは若菜様の身を前橋陣屋から遠くに離し、影二郎様をそちらに誘い出すとも考えられます」

「ありうるな」

影二郎は迷っていた。

父の秀信の命は、
一　徳丸ヶ原のエンフィールド銃盗難の真相解明
一　エンフィールド銃十挺とカノン砲の設計図の回収
であった。

いま一つ、影二郎の身に降りかかったのが若菜の誘拐だ。御用と誘拐は縒《よ》り合わさった縄の如く一緒のものと思っていた。だが、銃は前橋陣屋に、若菜の身は日光例幣使道の彼方へと分かれていこうとしていた。

「影二郎様、迷ようておいでなれば動きませぬか」

喜十郎が影二郎の迷いを断ち切るように言った。

「よかろう、木崎宿に参ろうか」

一行は茶屋の縁台から腰を上げた。

あかものっそりと立ち上がった。

河原では渡し舟が出たばかりでしばし待たされた。

影二郎は一文字笠の縁に手をかけて、ぎらつく太陽を見上げた。

白く光った光は人に恵みを与える存在か、それとも飢饉を繰り返させる元凶か。

影二郎は利根川の上流に視線を回した。

その視界の先に前橋陣屋の御用旗を立てた早舟が流れを猛然と下ってくるのが見えた。

（新たな異変が川越藩前橋分領に襲いかかったか）

御用舟は五料関所に漕ぎ寄せられ、止まった。

陣笠の若い武士が河原に飛び、関所役人と何事か話し合っていたが、二人の視線がふいに影二郎ら一行を見た。そして、早舟に乗ってきた武士が足早にこちらにやってきた。

「夏目影二郎様にございますか」

「いかにもそれがしが夏目にござる」

「間に合ったか」

若い侍が思わず叫び、荷に負った道中嚢から書状を取り出した。

「当家元年寄内海六太夫からの書状にございます」

「うーむ」

と答えた影二郎はその場で六太夫の書状を披いた。

〈夏目瑛二郎殿急ぎ文認め候。昨夜、前橋陣屋にての騒ぎ、瑛二郎様が関わられておられる事と推察致し候。陣屋内は大混乱にて、鉄砲の試射に立ち会われた因幡里美殿、大いに憤激なされて鉄砲鍛冶国友宇平を叱責の上、本物のエゲレス制の鉄砲と同等の性能を有せし複製銃を一刻も早く完成させよと厳命されたとか。さて試射の失敗の後に繰り広げられた偽若菜様を的にした射撃を聞き知り、それがし、憤慨に堪えること適わず、今も身が震え候。

江戸南町奉行鳥居耀蔵様に与《くみ》する因幡一派の専横もはや許し難し、それがし、ひそかに前橋陣屋の旧友後輩を呼集し、対抗する所存に御座候。

そのような折、川越から急使陣屋に到着致し候。それがしが番頭清村朝之助に願いし依頼の返答に御座候。急使は国家老高山左近様の代理にて大目付佐《さ》野《の》房則《ふさのり》が出張り、前橋陣屋に滞在なされし因幡里美殿と対面、厳しく川越帰城を要求されたとか。だが、因幡殿言を左右にして年下の佐野を愚弄し、その直後に前橋陣屋から姿を消したとの情報あり、また佐野によって身柄を拘束されたとの風聞もあり、隠居の身では直に問い質しもならずやきもきしておる処に候。

佐野はまた前橋陣屋に設けられし鉄砲屋敷にも立ち入りしが、鉄砲鍛冶国友宇平と門弟たちはすでに何処かに立ち退き、行方ようとして知れず。またエンフィールド銃も鉄砲屋敷に見つからずとか。されど昨夜射撃に失敗致せし複製銃の部分など多量に残され、前橋陣屋に徳丸ヶ原で盗まれしエンフィールド銃があったことを示す証拠として回収保管致し置き候。

さて、夏目どの、国友宇平らの行き先に御座候が前橋分領に何処かと推量されるもののいま一つ確証なく申し訳なき事に御座候。

国友宇平の弟子の一人、千太郎と申す者の実家は日光例幣使道の楡木宿《にれぎ》にて野鍛冶が家業とか。もしかしたら前橋分領を離れて楡木宿にて洋制鉄砲の複製を試みんと考えしかと推量し候。但し之にても確かな証拠なく申し訳なきことに御座候。

われら川越藩家臣一同もはや前橋陣屋に鳥居一味も因幡一統をも一歩たりとも立ち入らせぬ覚悟に候。

まずは昨夜からの急展開を報告致し候。六太夫〉

影二郎は二度ほど六太夫からの手紙を読み下し、

「内海六太夫様に返書を差し上げたい、お持ち頂けるか」

と若侍に聞いた。

「六太夫様も必ず夏目様から返書を頂いてくるようにとの事でございました」

「今しばらくお待ちを」

影二郎は昨夜の行動から五料河岸にてこれからの行動に悩んでおる折、六太夫の手紙に接したことを告げ、蝮の幸助からの知らせを書き記して、日光例幣使道の楡木宿に向う旨を書き記した手紙の筆を擱《お》いた。

「この手紙を内海六太夫様にお届け願おう」

「畏まりました」

と答えた若侍は
「対岸まで御用舟にてお送り申します」

と申し出てくれた。

手紙を読み、書く間に何隻もの渡し船が往来していた。

「造作になろう」

影二郎一行は前橋陣屋の御用旗を立てた早舟で対岸に渡った。

二

元和二年(一六一六)四月十七日、駿府城で徳川幕府の祖家康が亡くなった。

家康の遺骸は予《か》ねてから用意されていた久能山霊廟に一旦葬られた。だが、翌年四月に日光に移し、一周忌には朝廷から勅使が派遣されて東照大権現の神号を賜った。

さらに二十一周忌の寛永十三年には日光社殿も完成し、将軍家光が参列して儀式が行われた。

この時点では、社殿は単に東照社と呼ばれていたに過ぎない。

徳川幕府は家康の遺骸が安置された日光を聖地として権威を持たせ、三百諸侯への締め付けに利するように考えた。

正保二年(一六四五)年十一月、後光明《ごこうみよう》天皇の勅使が東照社に派遣され、東照大権現の官号を賜った。

その後、東照社は東照宮と呼ばれるようになり、聖地としての格式を整えた。この翌年からは毎年行われる東照宮の例祭に朝廷から奉幣使が派遣されるようになる。

奉幣使とは天皇から授けられた金の幣帛を神前に奉献する使のことだ。

毎年四月に京から日光へ向うところから例幣使と称されるようになった。

例幣使一行が通る道は、京から中仙道を下り、倉賀野《くらがの》で中仙道と別れて、東に進み、楡木宿で壬生《みぶ》道に出て、日光に向うを常とした。そこでこの倉賀野と楡木の間を例幣使道と呼び、明和《めいわ》元年(一七六四)には、この例幣使道、勘定奉行支配下道中奉行直轄の五街道と同じ扱いを受けることになった。

倉賀野宿で中仙道と別れた例幣使一行はまず一里十八町先の玉村に向かう。さらに一里十八町進むと利根川にぶつかり、五料に出ることになる。

影二郎たちは五料河岸ですでに例幣使道に入っていたことになる。

五料は元々朝廷の御料が地名の起こりだ。

五料河岸の利根川の川幅は、

「平水川幅四十間程、出水之節は三百六十間程に相成」

とあるから利根川は雨が降ると川幅は九倍にも膨らんだことになる。

だが、このところ雨もない上州だ。

平水の流れの利根川は長閑に見えた。

前橋陣屋の御用舟で対岸の柴宿《しばじゆく》へと送られた影二郎一行は若菜の後を辿って楡木宿へと進むことになった。

「内海様によろしゅうな」

「夏目様にもお気を付けて」

別れを交わした一行が河岸から土手を上がるとそこは柴宿だ。

「影二郎様、柴宿で聞き込みを致しますか」

小才次が聞いた。

「いや、境宿《さかいじゆく》へ急ごうか」

影二郎らは蝮の幸助が文をよこしてわざわざ女乗り物が通過をしたと知らせてきた木崎

宿の一つ前の宿場が境宿だ。

境は那波と新田の境にあたるところから境宿の名が生まれた。例幣使道が整備されたとき、境に住民が集まって町並みらしきものが生まれ、正保二年（一六四五）には市が始まった。古文書「大概帳」には、

「境町にて毎月二と七の日、真綿、太織、木綿諸式之有之」

と記されている。

「境宿にはなんぞございますので」

「忠治の子分の一人、三ツ木《みき》の文蔵《ぶんぞう》の家がある」

「ほう」

と喜十郎が応じた。

「元々例幣使道の世良田《せらだ》界隈は島村伊三郎《しまむらいさぶろう》の縄張り内だったそうな。そいつを狙っていたのが三ツ木の文蔵でな、忠治の手を借りて伊三郎を襲い、縄張りを奪った。これが忠治売出しのきっかけになり、文蔵も忠治と親分子分の杯を交わしたのだ」

「そういうことでしたか」

「だが、その文蔵も八州廻りに捕縛され、獄門台の露と消えた。忠治一家がこの地を通過しながら文蔵の実家を素通りするわけもあるまい」

「なあるほど」

中天にあってぎらついていた太陽もさすがに西に傾き、影二郎らの背に当たる光も少しばかり和らいでいた。

旅慣れた四人と一匹だ。

柴宿から境宿二里十六町を一気に歩き通した。

境村に辿りついたとき、すでに夕暮れの刻限だった。

「お客人、日光参詣かねえ、泊まりなんせ。この先には宿なんぞねえだよ」

「提灯の明かりで旅が出来るものか、上州名物の道中荒らしに襲われるぞ」

「いや、その格好じゃあ、おまえさん方が道中荒らしかや」

と口の悪い客引きの女中の手を振り切った影二郎が聞いた。

「姉さん、獄門に首を晒された三ツ木の文蔵の家はどこだな」

その問いに女中がぎょっとした。

「おまえ様方は」

「文蔵と関わりのある者でな、仏前に線香を手向《たむ》けたいと思ったのだ」

「仏心があるとも思えねえがねえ」

訝しい顔をした女中だが、

「この宿場を抜けると稲荷神社のところで世良田道と別れるだね、左の例幣使道を行きなせえ。首切地蔵、法楽寺《ほうらくじ》を過ぎて、真福寺《しんぷくじ》の山門の先が文蔵どんの家だ」

「姉さん、泊まろう」

影二郎がふいに言った。

「なにっ、泊まるけ」

真夏の上州を旅する人も少ないと見えて、大部屋を取ることが出来た。湯に入っている間に食事の用意もしてくれるという。

まず影二郎ら三人の男たちが湯殿にいった。

影二郎の前に旅籠に入った客が、湯に入っていた。日に焼けた顔から察して旅の行商人のようだ。

「相風呂、お願い申します」

小才次が断った。

「どうぞどうぞ遠慮はいりまへん、おたくさんらも今お着きやすか」

上方訛りが答え、勝手に喋った。

「日光に商いにいった帰りですわ。上州は暑いと聞いてましたが、ほんまに暑うおますな。釜風呂の中で蒸されて旅しておるような按配だす、心からきつうおます」

男が床に上がり、交替で影二郎らが湯船に浸った。

「壬生道から例幣使道を歩いてこられたわけですね、なんぞ変わったことはございませんか」

小才次が聞いた。

「道筋だすか。なんせこの暑さや、なにが目の前に起こってても気がつきまへんがな」

男がそう答えると、ぽーんと額を手で打った。

「あんじょう忘れるとこやったわ。なんでも国定忠治の親分はんとご一統が日光に立て籠もるとかなんとかえらい噂が飛んでおるそうだっせ。お上に楯突いてえらいこっちゃ、こりゃ近々忠治親分は、獄門台に首を晒す羽目になりまっせ」

と男は喋るだけ喋ると、

「ほならお先に」

と湯殿から去っていった。

「忠治親分もこの街道を日光に向っているのでしょうか」

小才次が聞く。

「さてな、街道の風聞の半分はかってなものよ。公にはできぬとは申せ、忠治一家が洋制連発短筒を前橋陣屋の鉄砲屋敷から奪い去ったのは事実、関東取締出役は面子《メンツ》を潰されたのだ。中川誠一郎ら八州廻りは必死で忠治らのあとを追っていよう。となると忠治らも真偽こき混ぜた噂を流しつつ、前橋から一旦離れ、八州廻りの追撃を逃れて、反撃の時期を窺うことになろう」

「忠治が狙うのはまず玉村宿の主馬ですか」

喜十郎が聞いた。

「民五郎を血祭りにされたのだ、まず間違いないところだ」

影二郎らはさあっと汗を流して、おこまと交替した。

部屋にはすでに酒の用意が出来ていた。

菜は間引き菜を浅漬けにしたものだ。

「影二郎様」

と小才次が影二郎に大徳利を差し出した。

「おこまにはちと悪いが先にもらおうか」

酒は濁り酒ではなかった。だが、下り酒ではなく土地の醸造のようで、口の中で荒々しくも香りが立った。それが、炎天の街道を旅してきた者にはなんとも美味しく感じられた。

「野趣があってよいな」

「若駒のような味にございますな」

喜十郎もまんざらではなさそうな顔をした。

男たちがゆったりと酒を口に含んで猛暑の旅を振り返っていると、

「ああっ、さっぱりしましたよ」

とおこまが戻ってきた。

「先に始めておった」

「今、膳が運ばれて参ります」

「おこま、この宿はえらく手際がよいな」

「影二郎様、なんでも今宵泊まるはずの講中の人が街道の詮議厳しく一日遅れになったとか、煮しめなど菜が残っていたのですよ」

「それは好都合なことであったな。おこま、そなたもこの地酒口にしてみよ」

と影二郎がおこまに杯を持たせた。

「頂戴致します」

くいっ

と飲み干したおこまが、

「若い男《おのこ》のような酒にございますよ」

とうっかり答えて、

「これ、はしたない」

と父親の喜十郎に注意され、

「父上がおられたとはついうっかりしておりました」

とおこまが詫びた。

「影二郎様、明朝一番にて女乗り物がどちらに向かったか、聞き込みに走ります」

「行き先はまずは楡木宿と思うが宿場ごとに聞き込みながら進もうか」

と答えた影二郎が、

「前橋陣屋から国友宇平と弟子たちが消えておる。若菜が拘引《かどわか》された裏を考えるとき、宇平とエンフィールド銃がこの街道筋に現れても不思議ではない、そのことにも気をつけよ」

「承知しました」

膳が運ばれてきて四人は遅い夕餉を取った。

「ちと出てくる」

と影二郎が言い出したのは夕餉を終わった刻限だ。

影二郎の言葉に菱沼親子は黙って頷いた。

連れはあかだけだ。

影二郎は旅籠を出ると闇の境宿を抜け、稲荷神社の分岐で道を左にとった。さらに十町も進んだか、真福寺の山門前に出た。右手の雑木林の中に明かりが見えた。

街道が半町も奥に入ったところに藁葺きの百姓家があった。なかなかの門構えだ。門を潜る前に足を止めた。

夜目にもあかの背中の毛が立っているのが見えた。それは影二郎に、

「どうするか」

と聞いているように見えた。

「捨ておけ」

と影二郎があかに答えた。

監視の目が光る家が堅気の百姓家であるわけもない。三ツ木の文蔵の家だろう。庭先に入った、着流しの影二郎を女が迎えた。敷地を流れる小川で野菜でも洗ってきたか、小脇に竹笊を抱えていた。

「こちらは三ツ木の文蔵の家だな」

「はい」

「夏目影二郎と申す。文蔵とは陸奥、飛驒と縁あって顔を合わせてきた。この近くを通りかかり、出来ることなら線香を仏前にと思いついた、許してくれるか」

「ちょいとお待ちを」

女が家に駆け込み、しばらくすると家の中が慌しくなった。

老爺が姿を見せて、

「これはこれは、ようお出でなされました」

と上がりかまちで迎えた。

「文蔵は倅にございます。人の道を踏み外した文蔵にもそなた様のような知り合いがございましたか」

「おれも文蔵と同じような無頼の道を歩んでおる。親父どの、死ねばだれも仏様だ」

「旅の方、文蔵も仏様と申されますか、勿体無いことです。どうぞ仏間にお上がりなされ」

影二郎は法城寺佐常を引き抜くと、老爺に案内されて仏間に通った。

仏壇に灯明が点され、行灯に明かりが入っていた。影二郎が訪れたので慌てて点したのだろう。

仏壇の前に文蔵の渡世の証、古びた縞の道中合羽と三度笠、それに長脇差がおかれてあった。

「突然のことで気を使わせたな」

影二郎は用意されてあった線香を点して文蔵の霊に手向け、瞑目してしばし合掌した。

脳裏に忠治一家と出会った旅の光景が走馬灯のようにいくつも浮かんで消えた。

影二郎は目を見開き、奉書に包んだ五両を仏壇に置いた。

「近頃、おまえ様と縁がある」

背から野太い声がした。

振り向くまでもなく国定忠治だ。

「どうりでこの家を見張る者がおるわけだ」

影二郎が振り返ると次の間の暗がりに国定忠治がいた。

「雪隠詰めよ」

「八州廻りか」

「いや、中川誠一郎ではなさそうだ。おまえさんが鳥居耀蔵の内与力の峯島を叩き斬ったせいで筆頭内与力の淀村恒有が例幣使道まで出張っておるのだ」

「忠治親分の雪隠詰めはおれのせいというか」

「おまえさんに押し付ける気はねえがねえ」

忠治が無精鬚の顎を手で撫でて笑った。

「忠治、蝮が例幣使道を女乗り物が行ったと知らせてきたが行き先は分からぬか。国友宇平の弟子の家が楡木宿の野鍛冶だということは分かった、だが、若菜がそこに連れ込まれたかどうかも定かではない。およその見当をつけて踏み出してきたところだ」

「それよ、どうも今一つはっきりしねえ。蝮たちを先行させて調べておるところだ」

「恩に着る」

と答えた影二郎が、

「街道筋におまえらが日光に立て籠もるという風聞が流れているそうだ」

「噂なんぞは五万とある。わしらと八州廻り、狐と狸の化かし合いよ」

「大いにそんなところだろうぜ」

「明日から楡木を目指しなさるか」

「そうするつもりだ」

「若菜様の行方、この忠治が縄張りにかけても突き止める、一日二日待ってくんな」

文蔵の親父が大徳利と茶碗を二つ提げてきた。

「咎人《とがにん》の家に訪れる人とてございません。親分と旅の方、文蔵のまえで一杯やってはくれまいか」

茶碗を忠治と影二郎に持たせた親父が両手で大徳利を抱え、注いでくれた。

「忠治、酒を酌み交わすのは初めてだな」

「夏目様、最後かもしれねえぜ」

「弱気は渡世人に禁物だぜ。忠治、最後の最後まで胸張って生きよ」

「まったくだ」

二人は同時に茶碗酒に口をつけた。

忠治と影二郎との間にゆるゆるとした時が流れた。裏街道を歩く二人にさほどの言葉は要らなかった。ただ酒を酌み交わし酔いに身をまかせた。

三ツ木の文蔵の門を、背を丸めた影が潜り出た。道中合羽をきりりと身に纏い、三度笠を片手で掲げて顔を覆った旅人が闇に紛れ込もうとした。

文蔵の家を囲む雑木林からざわざわと足音がして飛び出してきた十数人の黒い影があった。

「国定忠治、御用だ」

陣笠に黒の羽織にぶっ裂き袴の武家が十手を突き出した。残りは不逞の浪人剣客だ。

「怪しげな剣術家を引き連れておるとは、八州廻りとも思えぬな」

くぐもった声が問うた。

「江戸南町奉行鳥居耀蔵様支配下、筆頭内与力淀村恒有」

と相手が名乗った。

「ここは上州日光例幣使道だぜ。江戸町奉行の内与力がなぜ出張る」

「前橋陣屋に押し込み、洋制連発短筒十数挺を盗んだ咎だ」

「淀村、江戸町奉行の支配下は御朱引内と決まっているぜ」

背を丸めていた影がふいに大きくなった。背筋を伸ばしたせいだ。

「天下の大悪党国定忠治を捕縛するのに関東取締出役も江戸町奉行もあるものか。忠治、ここがおまえの死に場所だ」

と構えた十手を振った。すると不逞の剣客たちが影を取り巻いた。

三度笠の下から含み笑いが起こった。

「なにがおかしい」

「妖怪鳥居め、徳丸ヶ原でエンフィールド銃を十挺盗み、それを高島秋帆どのに責めを負わせようと画策するなどちと姑息に過ぎる。国事多難な折に洋制連発鉄砲を鉄砲鍛冶に大量に複製させてなにをなすつもりだ」

「おのれは国定忠治ではないな、夏目影二郎か」

「今頃気付いたか。忠治は十里も先の例幣使道を歩いておるわ」

「なんとな！」

と淀村が叫んだ。

片手に立てた三度笠が淀村に投げられた。

ぱらり
と身に纏った道中合羽が脱ぎ捨てられ、着流しの夏目影二郎が立っていた。

「者ども、こやつは島抜けの大罪人である。構わぬ、叩き斬れ」

淀村の下知に江戸から引き連れてきたか、不逞の剣客集団が一斉に剣を抜いて、影二郎を半円に囲んだ。

「今宵は三ツ木の文蔵の供養舞だ。文蔵、とくと見よ」

影二郎が大薙刀を刀に鍛造し直した反りの強い豪剣を抜いた。それが虚空に大きな円を描いて、八双へと構えられた。

辺りには月もなく、かすかな星明りだけだ。

この明かりが豪剣の刃を煌かした。

ふいに殺気が右手から襲ってきた。

影二郎が八双の構えのままに飛んだのは左の半円の端に立つ剣客に向ってだ。ふいをつかれた相手がたじろぐ隙を八双の先反佐常が一閃して肩口を深々と斬り割り、その直後にはその隣に立っていた巨漢の剣術家を襲っていた。

先手をとった影二郎が縦横無尽に暴れ回り、佐常が振るわれるたびにひとり二人と倒れていった。

ふいに起こった嵐はふいに動きを止めた。

その場に立っているのは半数にも満たなかった。

「おのれら、金で雇われた者だろう。旗色が悪くなったときの身の処し方は承知だな」

血に塗れた先反佐常の切っ先がぐるりと回されると残った剣客たちが後退りをして闇に走り込んだ。

呆然と立ち竦んでいるのは鳥居耀蔵の筆頭内与力の一人、淀村恒有だ。

「淀村、おのれの主人鳥居耀蔵、江戸町奉行の要職にありながら、幕府の演習の最中に鉄砲を盗み、その罪を高島秋帆どのに負わせ、盗み出した鉄砲を川越藩の因幡里美なるものと組んで鉄砲鍛冶国友宇平に複製させんとした罪許し難し、主に代わってそなたが責めを負って地獄に参れ」

「おのれ、夏目影二郎、そなたの罪咎江戸にて厳しく糾弾致す」

と叫んだ淀村が後ろ下がりに後退して、その場から逃げ出そうとした。

だが、その背に冷たいものが当たった。

うっ

と振り向く淀村の目に小太りの渡世人が映じた。

「おめえさんには南蛮の旦那がすでに裁きを与えなすった。地獄に参る首切り人の役はこの国定忠治が務めさせてもらおうか」

げええっ
と驚く淀村の首筋に忠治の片手斬りが、
ばさり
と落ちて血を闇に振り撒いた。

忠治が長脇差に血振りをくれて、

「旦那、汗をかかしたな」

「達者で暮らせ」

「おまえ様もな」

忠治が急ぎ足で例幣使道の闇に紛れた。するとあかがどこからともなく姿を見せて、影二郎の足元に寄り添った。

「あか、旅籠に戻ろうか」

主従は文蔵の家を後にした。

三

翌日、七つ半（午前五時）に境宿を発った夏目影二郎一行はまず女乗り物が見られた木崎宿に向った。

境と木崎の間は一里十二町だ。

六つ半（午前七時）前にはすでに強い日差しが照りつける木崎宿に到着していた。

宿名は昔からあった貴先神社に由来する。

江戸初期に発見された足尾銅山の銅を運ぶための銅《あかがね》街道が例幣使道と交差している。

影二郎は上の問屋近くに暖簾《のれん》を上げたばかりの茶店で待ち、三人が木崎宿に散った。

四半刻もせぬうちに身軽ないでたちのおこまが戻ってきた。おこまにはあかが従って舌を出して、

はあはあ

と荒い息をしていた。

「若菜様が泊まった旅籠が分かりましてございます」

「なにっ、若菜はこの宿《しゅく》の旅籠に泊まったのか」

「旅籠屋の井上六右衛門《いのうえろくえもん》方には離れがございます。例幣使の一行が泊まる折、供の者が宿泊するようにとの配慮からです。女乗り物はこの離れに投宿して、旅籠の者とは一切接触させなかったそうにございます。ですが、警護する着流しの剣客は宿帳にはっきりと経徳桜次郎と記しております」

「なんとのう」

「次の朝、女乗り物は七つ発ちして太田宿《おおたじゅく》に向っております」

「よし、ならばわれらも太田を目指そうか」

「父も小才次さんも宿場外れで待っております」

と言ったおこまが茶代を支払った。

肩を並べた影二郎とおこま、それにあかは宿場外れへと向った。

「影二郎様、眠くはございませんか」

影二郎が昨夜旅籠で眠ったのはほんの一刻半ほどだ。

「若菜の身を考えれば眠りが足りぬなどなんのことがあろうか」

おこまが頷き、話題を転じた。

「昨夜、小才次様に国友宇平が複製したという洋制元込め連発短筒を見せてもらいました。影二郎様が短筒の礼五郎から得た阿米利加国古留戸社の輪胴式短筒よりだいぶ軽うにございますな」

「こちらは瑞西とか申す小国のポウリーなる鉄砲鍛治が造った短筒だそうな。だいぶ仕組みも大きさも違うか」

「女の私には扱いが易うございます。小才次さんは影二郎様の許しがあればいつでも私に差し上げると申しております」

「小才次はどうも鉄砲が嫌いのようでな、撃っても当たりませぬと一発も発射せぬのだ」

と笑った影二郎が、

「われらも短筒使いは一人で十分じゃな、ちと重いが二挺短筒のおこまと改名せえ」

と許しを与えた。

宿場外れに菱沼喜十郎と小才次が待っていた。

木崎宿から太田宿まで一里三十町、ここで再び女乗り物の通過が確認され、さらに太田から八木《やぎ》へ二里十町を歩いて昼の刻限に到着した。

八木宿は宿場に八本の松があったことから八木の名が生じたという。

例幣使道でもなかなか繁盛した宿場で旅籠九十五軒を数え、そのうち三十二軒は飯盛り女をおいていたという。

この遊女は越後《えちご》からきた者が多く、越後の調べが女たちの口を通して伝えられ八木節の源になったのだ。

影二郎らは街道筋の一膳飯屋で昼餉をとり、経徳桜次郎に監視された女乗り物の通過を確かめた。

影二郎らが簗田《やなだ》を過ぎ、渡良瀬川《わたらせがわ》を渡し舟で通過した。ここでも女乗り物は目撃されていた。

日が西に傾いた刻限、例幣使道を黒雲が覆い、雷が鳴ったかと思うと大粒の雨が埃っぽい街道を叩き始めた。

天明宿《てんめいじゆく》を目前にしたときだ。

ものに動じないおこまが青い顔をして、

「影二郎様、どこぞ屋根の下で休みませぬか」

と願った。

一文字笠の縁を手で上げ、雨煙を透かしていた影二郎が、

「おこま、数町もいけば、神社らしき社殿があるぞ。そこまで我慢せえ」

一行は濡れ鼠になって走った。

駆け込んだ先は諏訪《すわ》神社の拝殿だった。

その直後、社殿の回廊で雨煙に煙る街道を見ていると馬蹄の響きが轟き、十数騎の早馬

が鉢巻、襷がけの武士たちを乗せ、必死の形相で通過していった。

（なんぞ異変が起こったか）

影二郎は篠突く雨をただ眺めやった。

雷雨が止むには半刻ほど待たねばならなかった。

「ふーうっ」

とおこまが吐息を衝き、

「雷様と油虫は性に合わないよ」

と呟いた。

街道に戻るとひんやりとした風が吹いていた。

秋山川を渡って天明宿に入ると女中たちが必死で客引きをしていた。

この日、影二郎らは境宿からおよそ九里を歩いていた。

「生乾きのままに旅もできまい。喜十郎、今宵は天明に泊まろうか」

影二郎はおこまのことを気にして父親に言いかけた。

「渡良瀬川の渡しで手間取りましたゆえな」

江戸の旅人は一日およそ十里を目標に旅した。だが、関所や川渡しがあるとどうしても
そこで時間がとられた。

「明日には楽々楡木宿まで到着いたしましょう」

喜十郎は今度は影二郎の気持ちを思いやった。

天明から楡木宿はおよそ八里だ。

天明は古くは、

「てんみょう」

と読ませていたがいつのころからか、

「てんめい」

と変わっていた。

天明は安蘇《あそ》郡（佐野市）の中心で、表通りのみならず裏通りもある町並みだった。

影二郎らは宿場の中ほどの九兵衛《きゅうべえ》方に投宿した。

翌朝七つ発ちした一行は犬伏《いぬぶし》、富田《とみた》、栃木《とちぎ》、合戦場《かっせんじょう》、金崎《かなさき》を経て、ひたすら歩き通し
まだ日が高いうちに楡木宿を目前にした追分《おいわけ》に差し掛かっていた。

この追分で日光例幣使道は壬生通り（日光西街道）と合流するのだ。

石の道標には、

「右中仙道・左江戸道」

とあった。

日光から下ってきた旅人のための道しるべだ。

「影二郎様、まず国友宇平の弟子の千太郎の実家、野鍛冶の屋敷をあたりますか」

と若菜が幽閉されたかもしれない楡木宿に到着して、喜十郎が緊張の面持ちで聞いた。

「そう致すか」

塒《ねぐら》を探すのはその後のことだと決めたとき、追分道の道しるべの陰から越中富山の薬売りがにこにこと笑いながら立ち上がった。

蝮の幸助だ。

「薬屋、また顔を合わせたな」

「旦那とはほんに気が合うと見える」

と幸助が近付き、

「野鍛冶の千太郎の実家を訪ねても駄目ですぜ」

と言った。

「なんぞあったか」

「大きな声じゃいえねえが、川越藩の連中が国友宇平を捕縛に走ったのだ」

「昨夜、天明宿の手前で早馬の一団を見たが、川越藩のものか」

「江戸の殿様の直々の命で重臣因幡里美と鉄砲鍛冶国友宇平ともども身柄を拘束し、川越城下に連れ戻った上、此度の騒ぎの詮議が始まるそうだ」

内海六太夫らの奔走が実を結んでのことだろう。

「それで野鍛冶の千太郎の実家を襲ったのだな」

「闇に紛れてねえ」

「因幡と国友宇平は捕まったか」

「千太郎ら弟子は捕まったが、因幡も宇平も姿が見えねえや。どこぞに逃げやがったかねえ」

蝮が背中の薬箱をかたりと鳴らして負い直した。

「蝮、若菜のほうはどうだ」

「旦那たちはこの街道筋を女乗り物の通過を聞き聞き、ここまでやってきたんだねえ」

「念には及ばない」

「経徳桜次郎に見張られた女乗り物は楡木宿を通過した」

「若菜の行く先はここではなかったか」

「若菜様を乗せた女乗り物はこの宿を通過して一里もいった大門宿《だいもんじゅく》から西に折れたそうな」

「西に向ったとな」

「粟野《あわの》を通り、粕尾《かすお》峠を越えて足尾に向う脇街道だ」

「若菜は何処へ運ばれようとしているのだ」

　影二郎が呻くようにいった。

　蝮が報告することが正しければ、経徳が従う女乗り物はなんのためか日光例幣使道を通り抜け、足尾への脇往還を抜けて再び上州へ戻ろうとしていた。

「親分とも話した。経徳桜次郎はどこへ若菜様を運べと命じられてはおらぬのかも知れねえとね」

「どういうことだ、蝮」

「南蛮の旦那を引き回して時を稼げばそれでよいのではないか」

「時が至り、おれを引き回す要がなくなれば、若菜は始末されるということか」

　蝮の幸助の顔が歪んだ。

「若菜とわれらの間にどれほど間がある」

「一日半かねえ」

　蝮が答えた。

「取り戻す、生きて必ず若菜を取り戻すぞ」

　と言い切った影二郎は、

「夜道を走る」

と喜十郎らに宣告し、喜十郎らも、

「畏まりました」

と二つ返事で受けた。

「旦那、親分の言い伝えだ。ちょいとこちらにも野暮な用が出来た。もはや旦那を助けることができねえとな」

「蝮、忠治に承知したと伝えてくれ」

一行は楡木宿追分道で蝮の幸助に見送られて大門宿をまず目指した。

だが、楡木宿で蠟燭《ろうそく》、草鞋、食べ物などを買い求め、四人は分散して持った。

大門宿で例幣使道と別れた。

日があるうちに距離を稼ごうと一心不乱に栗野村を目指した。

中坪《なかつぼ》という里で日が落ちた。

ここで提灯に明かりを入れることになったが、おこまが、

「火を貰ってまいりますゆえ、しばしお休みを」

と言い残して脇往還から参道が延びた神社へと走っていった。

影二郎は往還脇を流れる小川で手足を洗い、顔の汗を流しておこまを待ったが、なかな

か戻らなかった。

「ちょいと様子を見て参ります」

と小才次が行きかけたとき、提灯の明かりがこちらに走ってきた。

「おこま、それはなんじゃな」

喜十郎がまずおこまが片手に提げてきたものに関心を示した。

「父上、ご覧のとおり、弓矢にございます。奉納されていた弓矢を無理にお願いして譲って貰いました」

「おおっ、それはでかした」

道雪派の弓術の達人菱沼喜十郎がおこまから受け取り、明かりに照らして、

「弦も添えられておるか」

「抜かりはございません」

別の提灯に明かりが移される間に喜十郎が弓を、矢を、弦を調べて、

「これならば使えるわ」

と喜色を発した。

「影二郎様、今ひとつ、若菜様を乗せた女乗り物はこの神社で休み、その折、若菜様とおぼしき女性《にょしょう》の姿が見られております。頬がこけておられたそうにございますが毅然《きぜん》とし

た態度であったそうです。女乗り物が出立したのは今朝未明のことにございます」

「吉報かな、半日ほどの遅れだな」

「そういうことにございます」

影二郎らは路傍で握り飯を食し、水を飲んで栗野村をまず目指した。

徹夜で足尾への脇往還を走破した影二郎らは谷倉山神社の石段で休息した。

粕尾峠への脇往還は道幅が狭まり、傾斜もましていた。若菜を乗せた女乗り物を担ぎあげるのに経徳らも苦労していると推測された。

朝靄をついて背負子《しょいこ》を担いだ杣人《そまびと》が下ってきた。

「おはようございます」

と声をかけたおこまが、

「この先の道で女乗り物を見かけませんでしたか」

と聞いた。

「見ただよ、えらく難儀しておるがよ、なんであんなものを峠に持ち上げるかねえ」

「若菜様は、いや、女乗り物に人は乗っておりましたか」

「いや、痩せた侍と一緒に歩いておいでだったぞ」

「乗り物は空にございますか」

「いや、それがよ、細長い木箱が人の代わりに載せられていたな」

「お待ち下さい。その乗り物のそばには何人従っておりましたか」

「疲れ切った顔のお武家さんと職人頭かねえ、刀鍛冶のような格好の男が従っていたな」

経徳桜次郎の一行には若菜の他に川越藩重臣因幡里美と鉄砲鍛冶国友宇平が従っていると推測された。

「私どもとどれほど離れておりましょうか」

「一里半かねえ」

いよいよ若菜との距離が詰まってきた。

「粕尾峠までどれほどあるな」

影二郎が問うと、

「乗り物を押し上げるには厳しい山道六里が残っておるでな、あの重い荷を持ち上げるのは楽ではあるまいよ」

と杣人は言うと山道を下っていった。

「まず粕尾峠までに若菜の一行に追いつくのは間違いないところだ。ここでしばし仮眠を取ってまいろうか」

影二郎が命を下した。

徹夜で歩いてきたのだ、四人の足腰はくたくただった。待ち受ける戦いを考えるとき、影二郎は少しでも英気を養っておきたいと思ったのだ。

「そう致しますか」

年長の菱沼喜十郎が応じて、四人と一匹は思い思いの格好でしばしの仮眠に入った。

一刻後、影二郎が目を覚ますと喜十郎はおこまが入手してきた弓に弦を番《つが》えて、手入れをしていた。矢は近くの竹藪から切り出した竹の節を抜いて矢入れとし、刀の下げ緒で肩から背負えるように工夫がなされていた。

「これで千人力にございます」

喜十郎の声におこまと小才次が起きてきて、追撃の態勢が整った。

「小才次さん、おこまは使い慣れた古留止連発短筒を使います。国友宇平が複製した短筒を小才次さんにいったんお返しします」

射撃戦になったときのことを考えて、おこまが元込め式連発短筒を小才次に渡した。

「飛び道具は苦手です、なんの役にも立ちますまい」

「当たらずとも脅しにはなります」

とおこまが笑い、小才次が受け取った。

「参ろうか」

一刻余りの仮眠で元気を回復した一行は、あかを先頭に標高三千三百余尺（千百メートル）の粕尾峠を目指すことになった。

馬置、栃原、細尾、半縄、大井、笹原など山の一軒家があるかなしかの地を歩き通して、山ノ神の難所に差し掛かったのは昼下がりの刻限だ。

九十九折《つづら》れの山道から粕尾峠を見下ろす地蔵岳《じぞうだけ》が木の葉を通してちらちらと見えた。どうやら粕尾峠はもう直ぐのようだ。

あかの様子がおかしくなった。

背の毛が立ち、時折山道の臭いを嗅いで、若菜が直前に通ったことを影二郎らに知らせた。

「もう少しにございますな」

喜十郎も顔じゅうに汗をかいていた。

「影二郎様、因幡らはそれがしとおこまが影二郎様に加わっておることを承知しておりますまい」

「いかにも」

「ならばこの先はわれら二人、影二郎様の一行から離れて別行動致しますか」

「若菜を無事に助け出すこととなれば、いかなることも致そうか」

菱沼親子の別行動を許した。

おこまは荷を小才次に預け、身軽になった。

親子の得物は父が弓、娘が亜米利加製の輪胴式連発短筒だ。

「先行します」

二人が山道から茂みへと入り、姿を消した。

影二郎、小才次は、あかを従え、最後の九十九折れを上っていった。

少し西に傾き始めた日が山道を照らしていた。

あかがふいに唸った。

最後の急坂な山道を登りつめると平らな場所に出た。

ううう

あかがさらに吼えた。

「あか、待て!」

駆け出そうとするあかを影二郎が制止した。

粕尾峠の頂に女乗り物だけが放置されていた。なにを考えて女乗り物を捨てたか、あるいは追跡してくる影二郎たちになんぞ策を弄してのことか。

「どうなさいますな」

小才次が影二郎に聞いた。

四

「鬼が出るか、蛇が出るか。おれ一人が参る」

歩き出した影二郎の頭には一文字笠が被られ、着流しの右肩には南蛮外衣がかけられていた。

粕尾峠は地蔵岳四千二百余尺（一二七四メートル）のほぼ東に位置していた。

わずかばかり平らになった場所に傷だらけの女乗り物がぽつんと置かれてあった。峠の頂は狭い道を広げて、切通しになっていた。

女乗り物に十間と接近したとき、烏帽子《えぼし》に白丁姿の国友宇平と因幡里美が姿を見せた。

「参ったか」

因幡里美がうんざりしたという顔で言い放った。

「川越藩家臣因幡里美とはそのほうか」

「無頼の浪人者に呼び捨てにされる覚えはないわ。下郎、分を心得ろ！」

「因幡、藩主松平斉典様から身柄拘束の沙汰が下ったを承知か」

「楡木宿まで出張ったそうな」

因幡が悔しそうに顔を歪めた。

「もはやそなたが帰るべき場所は川越にはない」

「言うな！」

「妖怪鳥居耀蔵一派に与するによってかような仕儀に陥る。そろそろ年貢の納め時と思わぬか」

「年貢を納めるのはどちらか、思い知れ」

因幡が片手を上げた。すると切通しの左右に三人ずつ鉄砲を構えた男たちが現れた。六人のところを見ると女乗り物を担いでいた陸尺たちだろう。

そのうちの四人は肩にさらにもう一挺ずつ鉄砲を負っていた。

徳丸ヶ原から盗み出されたエゲレス国制のエンフィールド連発銃十挺のようだ。

「宇平、鉄砲鍛冶ではなかなかの腕前のようだが、所詮佐五衛門様の指導の下にあってのこと、複製した銃は暴発銃であったな」

「おのれ、言うな！」

と叫んだ宇平が、

「撃て、撃ち殺せ！」

と命じた。

射撃手たちが構え直したその瞬間、音もなく粕尾峠の涼気を裂いて矢が飛んでくると右手の切通しに立つ射撃手の胸板を射抜いた。

ぐえっ

と呻き声を洩らした射撃手がもんどりうって峠道へと落下していった。さらに二番目の矢が飛来し、突き立った。

無論道雪派弓術の達人菱沼喜十郎が次々と放つ矢だ。

射撃手たちは影二郎に向けていた銃口を影二郎の右手の林の中に狙いを変えようとした。だが、薄暗がりに身を隠して矢を放つ喜十郎の姿を捉えることは出来なかった。

さらに五人の射撃手に災禍が降りかかった。

轟然と銃声が響き、左の切通しに立っていた射撃手二人を次々に後方へと吹き飛ばしたのだ。

こちらはおこまのしわざだ。亜米利加国古留戸社の輪胴式連発銃が見せた威力は絶大だった。

おこまは岩場の上に体を密着させて両手で銃身を保持して固定すると見事な連続射撃を見せて、たちまち二人を屠り、さらにその場から逃げ出そうとした三人目を背から射抜いた。

残る一人は呆然と切通しの上に立ち竦んでいた。

「なにをしておる、撃たぬか！」

「夏目影二郎を殺せ！」

と宇平と因幡が叫んだ。

その声に我に返った六番目の射撃手がエンフィールド銃を構え直そうとしたとき、一筋の矢が飛来して胸に突き立った。

一瞬の間に形勢は逆転した。

峠で呆然と因幡里美と国友宇平が立ち竦んでいた。

「お、おのれ、おれの夢を」

「鉄砲鍛冶宇平、そなたの夢とは異国の銃を模倣することか」

「分からぬ、おまえのような無頼の人斬りには鉄砲鍛冶の夢は分からぬ！」

宇平が懐から瑞西国のポウリー社が造った元込め連発短筒を出すと銃口を影二郎に向けた。

影二郎の手が肩からかけられた南蛮外衣の襟を掴んで引き抜いた。

手首が捻り上げられ、粕尾峠に黒羅紗と猩々緋の大輪の花が咲いた。

おこまが放った短筒の銃声とは異なる音が響いて、宇平の銃口から弾丸が飛び出し、大きく開いた南蛮外衣を射抜いた。だが、影二郎はそのとき大輪の花から外へと飛び出していた。

南蛮外衣だけが宙を舞い、その外に出た影二郎の手には唐かんざしがあった。

ひゅっー

慌てて銃口の狙いを変えようとする宇平の喉下に、虚空を衝いて両刃の唐かんざしが突き立った。

影二郎の背後に力を失った南蛮外衣が落ちた。

「おのれ!」

思わぬ展開に因幡が刀を抜いた。

そのときには夏目影二郎が摺り足で因幡のかたわらに迫り、法城寺佐常二尺五寸三分を抜き上げて腰から胸に一文字に撫で斬っていた。

げげえっ

きりきり舞いに倒れる因幡里美に、

「そなたを生かしていては川越藩に迷惑がかかろう、鳥居との密約はそなた一人が地獄に背負って参れ」

と影二郎が呟いていた。

徳丸ヶ原で盗み出されたエンフィールド銃十挺は粕尾峠で回収された。

だが若菜と経徳の姿はなく、因幡里美と国友宇平の懐にはカノン砲の設計図は見当たらなかった。

どこへ消えたか。

ともあれ夏目影二郎は常磐秀信の命の一つを果たしたことになる。

因幡里美らの遺骸を粕尾峠に埋めた影二郎らは、十挺の連発鉄砲を分散して負い、日光から足尾へ渡良瀬川沿いに下る街道へと下りた。

足尾宿はもう夜の帳が下りていた。

おこまが走り回り、渡良瀬川の流れが見える旅籠を見付けた。だが、宿屋の番頭は鉄砲を担ぎ込んだ四人に不審の目を向けた。

「だれぞ日光御奉行に使いを立ててくれぬか」

影二郎の言葉に番頭が、

「お役人様で」

と聞いた。

影二郎はそれには答えずに言った。

「手紙を書く、今晩中に急ぎ届けよ。使い賃はこの場で支払う」

「直ぐに手配します」

影二郎は帳場を借りて手紙を書き上げた。

無論徳丸ヶ原で盗まれたエンフィールド銃十挺を日光御奉行の手を通じて江戸に送り届けるためだ。

日光御奉行は日光東照宮を守護して、その営繕や祭祀を掌る役目だが、日光領の政事や訴訟も扱う。

旗本二千石高から抜擢され、役料は五百俵だ。

ただ今の日光御奉行がだれか知らぬが、常磐秀信の名くらい承知であろうと考えた。

手紙を書き上げたとき、日光に使いする男が姿を見せた。

「夜分すまぬが日光まで走ってくれ」

影二郎が二分の使い賃を渡すと、

「今晩じゅうに日光御奉行所に駆け込みますぜ」

と請合った。

影二郎が手紙を書く間におこまと小才次が足尾宿を聞き込みに回った。

経徳桜次郎と若菜がこの足尾で見かけられたかどうかを調べるためだ。だが、二人が疲れ切って旅籠に戻り、

「影二郎様、どうも足尾宿を通り抜けた様子はございません」

と報告した。

「若菜連れだ、そう遠くにはおるまい」

影二郎らは湯に入って峠越えの汗を流し、疲れを落とした。

夜明け前、日光御奉行戸川《とがわ》藤蔵《とうぞう》の支配組頭諸田《もろた》俊之丞《としのじょう》が率いる一行が影二郎の投宿する旅籠に現れた。

「夏目影二郎様にございますか」

「ご苦労にござるな」

「奉行戸川より夏目様の差配に従えと命じられて参りました」

「この鉄砲十挺を大目付常磐秀信の役宅に急ぎ届けてほしい」

「承知しました」

諸田らはこれまで見たこともないエンフィールド銃を油紙と菰に包み、連れてきた馬の背に乗せて再び細尾峠を越えて日光に戻るという。

その諸田に影二郎は夜のうちに書き上げていた父宛の書状を言付けた。

川越舟運の大根河岸で見かけた光景から粕尾峠で待ち受けていた出来事まで改めて克明に記したものだ。それらの出来事の数々は、この一連の事件の背後に南町奉行鳥居甲斐守忠耀がいることを示していた。

影二郎の前に残されたものは若菜を奪還することだけだ。

朝餉を食した菱沼親子と小才次の三人が足尾の宿場に散って経徳桜次郎と若菜の捜索に入った。

旅籠に残ったのは影二郎とあかだけだ。

泊まり客は旅籠を去り、急に旅籠が閑散とした頃合、

「お客人、子供がそなた様を訪ねて参っておりますぞ」

と番頭が知らせにきた。

「なにっ、子供とな」

影二郎が玄関に出てみると十一、二歳と思える男の子が釣竿を手に、

「お侍さんは夏目様か」

と聞いた。

「いかにも夏目影二郎じゃが」

「ならば手紙だ」

と結び文を差し出した。その結び文には鼈甲の笄《こうがい》が挿しとおされていた。

笄は若菜のものだ。

「ちと待ってくれ。今、文を読むでな」

帰ろうとする男の子を引きとめ、文を披《ひら》いた。

〈足尾銅山壱の廃鉱で待つ　経徳桜次郎〉

「名はなんという」

「おらか、三吉《さんきち》だ」

「三吉、駄賃をもろうて、この使い受けたか」

「駄賃など貰わねえ。連れの姉様があまりにも悲しげでうけただけだ」

「そこまでおれを案内してくれぬか。これはそなたの使い賃だ」

と一分金を渡した。

「おら、一分なんて持ったことはねえ」

「そなたの稼ぎだ、三吉」

真っ黒に焼けた顔に笑いを浮かべた三吉が一分金を懐に入れ、

「ついてきなせえ」

と言った。

影二郎は一文字笠を被り、着流しの腰に法城寺佐常を差し落とした姿で旅籠を出た。するとどこにいたか、あかが従った。

足尾銅山壱の廃鉱は足尾の宿場の北側の山へ入ったところにあるようだ。粗銅を運び出すために使われた山道を三吉の案内で歩くこと四半刻、夏草に覆われた平らな場所に出た。風がさわさわと鳴り、無人の壱の廃鉱が不気味に口を開けていた。

「おらが魚釣りに行くためによ、ここを通りかかったとき、気味の悪い侍が使いを頼んだだ」

あかがふいに坑口に向って吼えた。

今にも坑口に突進しようというあかを制止した影二郎は、

「三吉、離れておれ」

と命じた。

「なにが始まるだ」

と言いながらも三吉が夏草の生茂ったところまで下がった。

「経徳桜次郎どの、呼び出しにより参った」

影二郎が坑口に向かって叫んだ。

だが、だれもなにも答えなかった。

影二郎はゆっくりと歩を坑口に向かって進めた。

その時、坑口の中で咳き込むような咳が響き、それが納まると足音がした。そして、口

を手拭で押さえた幽鬼、北辰一刀流千葉周作お玉が池道場の、

(幻の剣客)

　が姿を見せた。

「経徳どの、なにが所望か」

「おれの命運がどんなものであったか、アサリ河岸の鬼と呼ばれたそなたと最後の勝負を致す」

「お手前は業病に取り付かれておると見た。勝負など無益なことよ」

「ぬかせ」

　経徳桜次郎が口を押さえた手拭をとった。すると鮮血が口の端から一筋垂れた。だが、経徳は歩を進めて間合いを詰めてきた。

　そのとき、あかが坑口の中へと走りこんでいった。

「鏡新明智流を出たそれがしと北辰一刀流を追われた経徳桜次郎が流儀を懸けて相戦うのもなにかの因縁、受けよう」

　影二郎は法城寺佐常を引き抜くと脇構えにおいた。

　経徳桜次郎は細身の剣を八双に立てた。

　間合いは五間あった。

足尾の壱の廃鉱前で二人の剣客の戦いを見詰めるのは三吉少年と強い日差しだけだ。

三吉は釣竿をぎゅっと片手に握り締めて、成り行きを見ていた。

荒い呼吸の経徳桜次郎の痩せた肩が上下し始めた。

動きはそれだけだ。

今や風も止まっていた。

長い静寂のときが廃鉱の前に流れた。

すうっ
と蜻蛉が二人の剣客の間を横切った。

その瞬間、経徳が八双の剣を虚空に突き上げて走り出した。

影二郎も腰を沈めた低い姿勢で、脇構えの先反佐常を両手で保持し走った。

間合いが一気に切られ、天保期最強の剣士二人が生死の境を一気に越えた。

経徳桜次郎の高く上げられた剣は影二郎の肩口を袈裟に斬り割らんと雪崩《なだ》れ落ちてきた。

影二郎の先反佐常は夏の大気を真一文字に斬り裂いて、経徳桜次郎の胴へと伸びた。

突然突進する経徳桜次郎の足の運びが縺《もつ》れた。それでも経徳桜次郎の剣は影二郎の肩へと流れ落ちてきた。

垂直と水平、直線と円弧が交錯し、生死を分かった。

腰が存分に入った影二郎の胴抜きが一瞬早く経徳桜次郎の胴を捉えた。

その瞬間、
うっ
という声が経徳の口から洩れ、虚空から斬り下ろされた刃がぶれて、一文字笠を斬り破った。

経徳桜次郎が立ち竦み、口から、
ぱあっ
と真っ赤な血が噴き出した。

そのとき、影二郎は経徳桜次郎のかたわらを駆け抜けていた。

影二郎は振り向いた。

同時に経徳桜次郎もよろめきつつも体を捻り、影二郎のほうを振り向いた。

「夏目影二郎、見事なり」

経徳桜次郎の痩身が捻れるように足尾銅山壱の廃鉱に崩れ落ちていった。

「すげえ」

三吉が思わず洩らし、坑口に吼え声が響くと若菜を連れたあかが姿を見せた。

真っ暗な坑道から姿を見せた若菜は頬がこけ、痩せ衰えていた。その一方で生まれたばかりの赤子のような無垢の光を放っていた。

「影二郎様、私どもは離れていようともご一緒でございました」

「若菜、長い法事になったわ」

若菜は頷きながら姉の萌がどこからともなく微笑みかけているような気持ちに見舞われていた。

「江戸に戻ろうぞ」

「はい」

と答えた若菜が襟元から何枚か重なった四つ折の紙を取り出し、影二郎に渡した。

「経徳様がこれを影二郎様に渡せと申されました」

開くとそこにはカノン砲の設計図が描かれ、異国の言語で詳細な寸法や説明が書き込まれていた。

経徳桜次郎はなぜこのカノン砲の設計図を持参していたか、謎が残った。が、今の影二郎にはどうでもよいことだった。

「若菜、手柄であった」

頷いた若菜が影二郎のそばに寄り添い、あかが従った。

それを黙って三吉少年が見送り、風が再びさわさわとそよぎ始めた。

終章

大目付常盤秀信は夏目影二郎からの報告とカノン砲の設計図を老中首座水野忠邦に上げた。

だが、南町奉行鳥居耀蔵になんの取り調べの様子もなく、普段どおりの御用を務めていた。

秀信から水野に問い合わせるなど出来るものではない。

そんな折、新しく老中海防掛に就任した真田信濃守幸貫自らが秀信の御用部屋を訪れた。

「此度は老中就任の大役、おめでとうございます」

頷いた幸貫が、

「秀信どの、此度はそなたの倅どのに造作をかけ申した。お蔭様にてエンフィールド銃もカノン砲の設計図も取り戻すことが出来た。秀信どのはよき倅どのをお持ちで幸せにござるな」

「いやはや一度は無頼の徒に落ちた息子にございますよ」

「それゆえ表と裏の世界をご存じだ、得がたき人材です」

「真田様、倅の報告書は水野様にすでに上げてございますが」

「秀信どの、政事《まつりごと》の世界は表に現われるものばかりではござらぬ、辛抱なされよ」

と含みのある答えで鳥居耀蔵が生き残ったことを告げた。

「それがそなたにとってよき結果をもたらそう。幸貫も時がくれば動くでな」

出世を臭わされた秀信はただ平伏した。


影二郎は川越藩元年寄の内海六大夫から手紙を貰い、川越藩江戸家老の因幡棟継が家老職を退き、隠居したことを知らされた。

川越藩は因幡一族の長を隠居させることで幕府の追及を躱そうとしていた。

若菜は長い法要の旅を終え、浅草の料理茶屋嵐山の若い女将として再び働き始めた。

そんな様子を添太郎といくがまるでわが娘のように愛おしく見ていた。

影二郎は鳥居耀蔵の真意がどこにあったのか、謎として残ったと考えていた。そして、これからも鳥居との暗闘は続くと覚悟を新たにした。

さて、話は数ヶ月ばかり先に進む。

天保十三年の正月、赤城に戻った忠治は一家の中から腕利き十八人を選んで、洋制短筒を持たせ、玉村宿の主馬を襲って、主馬を生け捕りにし、民五郎が惨殺された利根川河原にわざわざ引き出すと、哀訴する主馬の首を叩き斬って、利根の流れに投げ捨てた。

風の便りにこの話を江戸で聞いた影二郎は、意地を貫き通した忠治に、

（最後の秋《とき》が迫ったな）

と思ったものだった。

解説

山口十八良《やまぐちとおはちろう》（編集者）

『破牢狩り』『妖怪狩り』『百鬼狩り』『下忍狩り』『五家狩り』と続く、夏目影二郎始末旅シリーズの六巻目の刊行です。ますます脂の乗りきった一冊になっています。日文文庫版から光文社文庫版に移された始末旅に先立つ赦免旅シリーズ『八州狩り』と危難旅『代官狩り』を含めると全八冊となり、読者の心をしっかりと摑《つか》んだシリーズとして定着しています。「ご存知、夏目影二郎シリーズ」と呼べる大きな山脈に成長しているのです。

今回の時代背景は天保十二年（一八四一）。二年後に失脚する老中・水野忠邦《みずのただくに》が政治革新を始めた年で、翌年は倹約令を発布し、隣国・清はイギリスとの間の阿片《アヘン》戦争の真っ只中という時期です。内外ともに一つの時代が転換期を迎えていて、否応なくその対応策を迫られていた頃です。日本も長い間の鎖国政策が揺らぎ始め、外国船が、その沿岸に頻繁に出没し、洋式軍備の必要性が真剣に検討されていたのです。

そこで本書のプロローグに繋がってきます。武蔵国徳丸ケ原で高島秋帆《たかしましゅうはん》の指揮の下、鉄砲の大演習が行われているというファーストシーンになるのです。平和を打ち破る時代の変わり目と、新しい風を感じさせる卓抜なオープニングです。

ところがここで事件の勃発です。試射に使われていた洋式鉄砲と設計図が何者かによって奪われてしまったのです。勘の良い読者は、この強奪事件の裏に蘭学嫌い、西洋嫌い、そして影二郎の宿敵とも言うべき南町奉行鳥居耀蔵《とりいようぞう》の影を感じることでしょう。

父・常磐豊後守秀信《ときわぶんごのかみひでのぶ》の命によって影二郎の登場となるわけです。お馴染みの国定忠治一家も絡んで、物語は大きく羽ばたいていきます。影二郎の最愛の人、若菜《わかな》の身に危機が迫って事件はまた別の様相を呈してくると、作者の巧妙なストーリィテリングの腕が冴えてくるのです。

後は読んでのお楽しみとして、ここで佐伯作品が何故こんなにも読者の心を捉《とら》えて放さないのか、その秘密を探ってみようと思うのです。それは佐伯泰英という作家が、どのような創造力・創作力の抽斗《ひきだし》を持ち、その抽斗を如何に我々読者の前に開いてくれるのか、作家の創作工房を覗くことになるのかもしれません。

佐伯時代小説ワールドがお楽しみの宝庫である第一として、まず「時代」を的確に摑み取る握力の強さがあげられます。つまり背景としての歴史的事実をきっちりと描き、そこにフィクションを巧みに埋め込んでいくのです。この配合の妙が、読み始めるやたちまちにして読者を遥かな江戸の昔に誘ってくれるのです。時代小説にとって一番大切な、時代の香りを運んできてくれるのです。エンターテインメント小説を面白くする秘訣は九九のリアリティの上に一つの大ウソ、フィクションを乗せることだ、と言いますが、それがしっかりと計算されて物語が展開していっているのです。なんとも考え抜かれた筋運びなのです。

こうした歴史的事実を作品に取り込む手際の良さに加えて、歴史的結果までをも先取りして読者の前に開陳《かいちん》してしまいます。本書でも「水野は数日後に（中略）天保の改革を大名諸侯、幕臣に宣言」し、「演習の翌年、妖怪鳥居は高島秋帆を讒訴《ざんそ》して、逮捕し、伝馬《てんま》町《ちょう》の獄舎に送り込む」事実を示してしまう。これは事実を踏まえた上で、佐伯ワールドはもっと感動的なエンターテインメント時代小説、今風な言い方をすれば「エンタメ時代小説」を読者のもとに送り出すという宣言でもあるのです。歴史の時間の経過の中に二転三転するストーリィを見事に織り込んでみせるという、作家としての自信の現れなのかもしれません。

こうした虚実を綯《な》い交《ま》ぜにしていく手腕は『闘牛士エル・コルドベス1969年の叛乱』『狂気に生き』、またある男性誌に発表された、自動車の美を追い続ける男達を描いた佳篇「ブガッティの伝説」等のドキュメンタリィを手がけたことが、大きな力となっているのではないでしょうか。事実を追い、そして表面に現れてこない部分を論理的な推測で補って完成させていくドキュメンタリィの経験・手法がエンタメ時代小説を書く上で大いに役立っているのです。「時代という空気」が、そこに生きる人々に及ぼすものを、しっかりと見据え、取り込んでいるのです。

第二は、影二郎を初めとするキャラクターの魅力、そして第三に鮮烈な剣戟シーンがあげられるでしょう。

まずキャラクターです。権力者の妾腹《しょうふく》の子として生まれ、愛した女・萌《もえ》を殺されその下手人を手に掛けたためにあわや遠島送りになるその寸前を助けられたという過去。この宿命とも言える、人生の裏側の哀しみ、悲惨をなめたことによって刻印された孤影が人物造形を深いものにしているのです。

そして、「位は桃井、技は千葉、力は斉藤」と謳《うた》われた鏡新明智流の道場で「位の桃井に鬼がいる」と称された剣の遣い手でもある。この影二郎が縦横に操るのが、なぎ刀を鍛え直した法城《ほうじょう》寺《じ》佐常《すけつね》二尺五寸三分の反りの強い豪刀。黒羅紗の裏地は猩々《しょうじょう》緋《ひ》、銀玉二十匁《もんめ》を袖の両端に仕込んだ南蛮外套（長合羽）を纏う。そして影二郎の探索旅に欠かせないのが、闇の社会の通行手形になる一文字笠。笠の裏には萌が残した形見の笄《こうがい》を手裏剣として忍ばせてある。そう言えば時代小説の人気ヒーローには、それぞれに得意な決め技や小道具があります。木枯し紋次郎が飛ばす楊枝《ようじ》、眠狂四郎の円月殺法、銭形平次の投げ銭などがすぐに思い浮かんできます。こうした決め技が何時繰り出されるのかも、読み進む楽しみの一つなのです。

さて剣戟シーンです。これまでも倭寇《わこう》の末裔《まつえい》との海戦、青龍刀を持ち人間振り子となって襲いかかる唐人、南部の忍者群、巨大な異能を持つ黒イタコ……と異色の対戦相手が引きも切らずに押し寄せて来ました。今回はお玉が池の千葉道場で北辰一刀流を修め「幻の剣客」と呼ばれた、黒塗大小拵《くろぬりだいしょうこしらえ》を手挟む痩身《そうしん》の剣士、経徳桜次郎《きょうとくおうじろう》が最強の相手として登場し、この正統派の剣の遣い手との死闘が用意されているのです。

こうしたキャラクターの創出、壮絶な戦闘シーンのイメージは佐伯氏のどこの抽斗に入っているのでしょうか。

氏は三十年ほど前、スペイン・アンダルシアに定住して闘牛をテーマにシャッターを切り続けていた時期があったのです。闘牛士の日常をはじめ、開催日には闘牛場で展開される死闘をカメラにおさめていたのです。このキャリアが、命を賭《と》しての闘いの中心にあるものを、的確に捉える目を養ったのではないでしょうか。闘牛士と闘牛の互いに間合いをはかる一瞬、鬩《せめ》ぎ合う時の呼吸がフィルムから原稿用紙へと脈々と繋がっているのです。

以前、氏が小説を書き始めたばかりの頃、この両者がぶつかり合う一瞬を、光と影の交叉として写し取った一枚の写真をスチールの額におさめて氏からプレゼントされたことがあります。「いま君に贈れるものはこれしかないから」というコメントと共に……です。この写真を見るたびに、氏の作品の剣戟シーンの原点を感じるのです。

最後にストーリィの面白さ。これは佐伯氏が小説を書くようになってからの蓄積がそのまま上手く醸成された結果なのです。長い時間をかけて発酵した、喉ごしがよく、芳醇《ほうじゅん》な味の銘酒を我々は味わっているとも言えるのです。

『殺戮《さつりく》の夏コンドルは翔ぶ』『復讐の秋パンパ燃ゆ』を初めとするスペインを舞台にした冒険・謀略小説で、舞台設定のコツを体得し、人間同士の絡み合いが生み出す欲、愛憎を描き、『犯罪通訳官アンナ』『妃《フェイ》の正体』等では読者の意表を突くキャラクターを編み出し、ミステリー・タッチのストーリィ展開を我がものとしていったのでしょう。氏の作品群の中では異色作と言える『ダブルシティ』は、都心新宿の地下にもう一つの都市が存在するといったSF的な奇想、『瑠璃《るり》の寺』では初めて日本の歴史に材を求めて、事実の間隙に虚構を挟み込んだ時代小説へと踏み込んでいったのです。

この間にピカソと貞奴の秘話をテーマにしたりと、作品をより大ぶりで興味深いものにするために、四苦八苦する氏の姿を何度も間近に見てきました。創作に打ち込む様子に、頭の下がる思いをしたものです。今にしてみると、時代小説の書き手に変身する寸前の脱皮の苦しみの時期だったのでしょう。

『密命』を発表するあたりから時代小説作家として定着すると、満を持していたかのように、その後一気呵成に話題作を連発していったのです。作品の量産に耐える筆力は、流行作家としての資質の一つですが、この部分でも氏は十分に人気作家たりうる条件をクリアーしているので、今後がますます楽しみであり、目が離せないのです。

こうしたキャリアや努力が、氏の抽斗を豊富にし、今日の作家としてのポジッションを築いていったのでしょうが、ここで一人思い出される作家がいるのです。その人は『丹下左膳』をはじめ時代小説、ユーモア小説、探偵小説など、多岐のジャンルに亘る作品を林不忘《はやしふぼう》、谷譲次《たにじょうじ》、牧逸馬《まきいつま》と三つの筆名を使い分けていった時代の寵児《ちょうじ》でした。帝国ホテルを我が家とした作家のはしりでもあったようです。

ある取材で遺族を訪ねた時のこと、幾つかの段ボール箱を見せられたのです。中にはまだ未使用の小説のネタが書かれたノートや切り抜きが状袋に入れてつまっていたのです。これは林不忘の存命ならば、ここから夥《おびただ》しい数の作品が生まれていったのでしょう。これは林不忘のアイデアに満ち充ちたネタの宝庫だったのです。

同じようなネタの宝庫、宝箱を佐伯氏も何処かに隠し持っているにちがいない……と空想するのです。

お終いに佐伯氏のエピソードを一つ紹介します。

まだ作家としての方向性を模索していた頃のことです。これからいかにしていくかの設計図が引けずに悪戦苦闘している氏と盃を交わしたことがあったのです。と言っても私が一方的に盃をほしていたようなのですが。時刻もだいぶ遅くなってから、近くだということで、当時氏が住んでいた自宅を急襲することになってしまったのです。成城学園の端というより多摩川の間近であったと記憶しています。深夜の来襲で奥様やお嬢さんには多大なご迷惑をかけたと、今でも反省するのです。当然、終電はとっくになくなっている。酔いながらも「さて、どうしよう」と心の中がざわつきはじめたのでした。

このことを予測していたのでしょうか、酒を口にしていなかった氏が私の家まで車で送ってくれることになったのです。ここからが氏の面目躍如たるものになるのですが、車中ほとんど泥酔している私相手に住む町のこと、多摩川のこと、本通りに出る近道のことをこと細かく語ってくれるのです。私が眠ってしまわないようにという気遣いというより、サービス精神が発揮されたものなのでしょう。話の中身も独得な視点があって面白いものであったのです。

氏自身は自覚していないかもしれませんが、日々の何気ない対人関係においても、しっかりとエンターテインメントがなされているのかもしれません。このサービス精神が佐伯時代小説を大きな山脈に育て、その裾野を流れるヒューマニズムの発露になっているのです。

これからどの抽斗が開けられて、それがどのような作品となって読者の前に差し出されるのか、予測もつきません。

まだまだお楽しみはこれからなのです。だから佐伯ファンとしてはますます目が離せないのです。

光文社文庫

文庫書下ろし／長編時代小説

鉄《てつ》砲《ぽう》狩《が》り

著者　佐《さ》伯《えき》泰《やす》英《ひで》

2004年10月20日　初版1刷発行
2006年6月20日　4刷発行

発行者　篠原睦子
印刷　萩原印刷
製本　ナショナル製本

発行所　株式会社　光文社
〒112-8011　東京都文京区音羽1-16-6
電話　(03)5395-8149　編集部
8114　販売部
8125　業務部
振替　00160-3-115347

落丁本·乱丁本は業務部にご連絡くだされば、お取替えいたします。

ISBN4-334-73772-2　Printed in Japan

お願い　光文社文庫をお読みになって、いかがでございましたか。「読後の感想」を編集部あてに、ぜひお送りください。

このほか光文社文庫では、どんな本をお読みになりましたか。これから、どういう本をご希望ですか。どの本も、誤植がないようつとめていますが、もしお気づきの点がございましたら、お教えください。ご職業、ご年齢などもお書きそえいただければ幸いです。

光文社文庫編集部